Mit besten Grüßen

ECON Unterhaltung

Der Autor:

Sir Peter Ustinov, geboren 1921 in London, ist Dramatiker, Romancier, Schauspieler und Regisseur, UNICEF-Botschafter und Träger des Deutschen Kulturpreises 1994. Er lebt unter anderem in der Schweiz.
Als ECON Taschenbuch sind folgende Titel erschienen: *Der alte Mann und Mr. Smith, Der Intrigant, Der Mann, der es leicht nahm, Gott und die staatlichen Eisenbahnen, Ustinovs Russland, Über Gott und die Welt, Neues aus der alten Welt.* In gebundener Ausgabe sind außerdem im Programm: *Krumnagel, Ich und Ich, Was ich von der Liebe weiss, Über das Leben und andere Kleinigkeiten.*

PETER USTINOV

Mit besten Grüßen

Aus dem Englischen
von Rainer Schmidt

ECON Taschenbuch Verlag

Dieses Buch ist gedruckt auf 100 % Recyclingpapier

Deutsche Erstausgabe

First published in Great Britain by Michael O'Mara Books Limited, London
Titel des englischen Originals: USTINOV. Still at Large
Aus dem Englischen übersetzt von Rainer Schmidt
Umschlaggestaltung: Molesch/Niedertubbesing, Bielefeld
Titelabbildung: Peter Ustinov
Lektorat: Bettina Foulon
Gesetzt aus der Bembo
Satz: Formsatz GmbH, Diepholz
Druck und Bindearbeiten: Ebner, Ulm
Printed in Germany
ISBN 3-612-27206-3

Mit besten Grüßen

UNRUHIGE GEISTER

Auch Europa hat seine Geister – wie alle alten Häuser mit ein bißchen Selbstachtung.

Um diese Geister zur Ruhe zu betten und das Haus zu renovieren, es nicht nur bewohnbar, sondern komfortabel zu gestalten, treibt Europa nun endlich der Einheit entgegen – oder doch wenigstens dem Zustand eines anständigen und gerechten Zusammenlebens. Die Befürchtungen, die dieser folgerichtige Prozeß anscheinend hervorruft, sind den Spinnweben sehr ähnlich, die auf dem chaotischen Dachboden dieses ehrwürdigen Gebäudes die klare Sicht vernebeln – eine Brutstätte der Gerüchte und des Aberglaubens.

Was sind das für Geister, die da zu heulen beginnen wie die Alarmanlagen gut gesicherter Autos auf einem Parkplatz, meist als Reaktion auf einen falschen Alarm? Sie unterscheiden sich von Nation zu Nation, ja, sogar von Region zu Region. Jugoslawien beispielsweise erweckte in Titos späten Jahren den Anschein eines modernen, festgefügten Staates mit einer wohletablierten Tourismusindustrie, reicher Landwirtschaft und fortschreitender Weiterentwicklung der Produktion.

Nach kommunistischen Maßstäben war es ein liberales Land, und die Grenzen waren nicht hermetisch gegen die Außenwelt und ihre Einflüsse abgeriegelt. Es übte sogar, zusammen mit Ägypten und Indien als Rädelsführer der blockfreien Staaten, einer Formation, die während des Kalten Kriegs einiges Gewicht besaß, einen im Verhältnis zu seiner Macht ganz unproportional großen Einfluß auf die politische Szene aus.

Jetzt ist Tito tot, und der Kalte Krieg ebenfalls; jäh der Spannung beraubt, die ihm zugleich Bedeutung und Plattform gaben, hat Jugoslawien an Gewicht verloren, und dieses lokale Drama hat die Hexenmeister in Scharen hervorgetrieben, die nun die Geister aus ihrem unruhigen Schlaf reißen. Diese speziellen Geister kennen wir gut. In den vier Jahrhunderten der türkischen Besatzung waren sie ohne Zweifel gesunde Embryonen, die wuchsen und gediehen, je weiter das dahinsiechende Osmanische Reich sich dem Unausweichlichen fügte, indem es sich auf jenen Bruchteil seiner früheren europäischen Weidegründe zurückzog, den wir heute Türkei nennen.

Die Völker des Balkan entdeckten ihre Identitäten wieder und erstanden ihre Monarchen auf dem Marktplatz. Seinerzeit war es eine Verbeugung vor der Moderne, aber es hat nicht ausgereicht, um sie auf den Stand der Zeit zu bringen. Das alte Königreich Serbien fand eine Dynastie für sich, genau wie das um ein beträchtliches kleinere Schwesternkönigreich Montenegro, regiert von einem Monarchen mit Sitz in dem bezaubernd so genannten Billard-Palast in der alten Hauptstadt Cetinje, der den ersten Billardtisch auf der Balkanhalbinsel beherbergte – ein Anlaß zu offenkundigem Stolz.

Kroatien, Slowenien und Bosnien-Herzegowina waren zu jener Zeit Teil eines anderen Reiches, das noch nicht zusammengebrochen war: Österreich-Ungarn. Im Sommer 1914 wurde, wie wir alle wissen, der österreichische Thronfolger von einem serbischen Verschwörer in Sarajewo ermordet. Die Geister erhoben sich überall in Europa und führten zum Tanz in das schlimmste Gemetzel, das die Geschichte je verzeichnet hat. Der Vertrag von Trianon, der für eine Weile das Ende der Feindseligkeiten markierte, bewirkte kaum mehr, als daß er die Geister, Spielkarten gleich, neu mischte und sie dann selbst den Rückweg zu ihrem Unterschlupf suchen ließ.

1939 fing das alles wieder von vorn an: Polen war der Vorwand, aber der Balkan stand schon bald wieder im Rampenlicht. Das durch den Vertrag geschaffene Jugoslawien wurde durch Hitler nun wieder in kleine Einheiten zerspalten, und seine faschistischen Kumpane in Kroatien waren wüste Mittäter bei den Grausamkeiten gegen die Serben.

Schließlich trugen Tito und die Kommunisten den Sieg davon und schufen das Jugoslawien, das wir zu kennen glaubten. Als ihre Zeit zu Ende ging und der Kommunismus allgemein in Mißkredit geraten war, weil er nicht nur inhuman, sondern in einer nicht gerade wegen ihrer Empfindsamkeit berühmten Welt eines noch größeren Verbrechens schuldig war – des Verbrechens der groben Ineffektivität –, nahmen die verbliebenen serbischen Parteibosse den einzigen Fluchtweg, der ihnen noch offenstand: den Weg zum Patriotismus. Und nun trompeten sie ihren Unfug von der Notwendigkeit ethnischer Säuberung in die Welt und prügeln die Kroaten für das, was sie den Serben vor einem halben Jahrhundert angetan haben. Die Geister amüsieren sich so königlich wie selten zuvor in ihrer Geschichte, und Sarajewo ist der ideale Ort für sie, um ihrer blutdürstigen Nostalgie freien Lauf zu lassen.

Auf dem Balkan toben die Phantome derzeit am ohrenbetäubendsten; aber niemand soll sich einbilden, der Rest Europas bliebe von diesen Erscheinungen verschont. Es ist eine äußerst ansteckende Krankheit, und wir alle sind ihrem verderblichen Einfluß ausgesetzt. Das Pfund Sterling braucht nur einmal aus dem heimischen Nest zu rutschen, und schon deuten zornige Finger auf die Deutsche Bundesbank. Hier muß man sagen: Die Presse steht den Märkten an Nervosität nicht nach und macht aus Mücken Elefanten – mit der verbohrten Hingabe jener, deren Beruf das Machen, nicht das Verzeichnen von Nachrichten ist. John Major braucht nur eine seiner typisch präzisen, aber mehrdeutigen Bemerkungen über die deutsche Finanzpolitik zu machen – eine scheinbare Paradoxie, aber gerade darin besteht seine besondere Begabung –, und sofort brüllen Teile der Presse »Premierminister prügelt Kohl!« oder etwas ähnlich Elegantes. Antwortet Kohl dann mit einem sorgfältig formulierten Kommentar, der darauf angelegt ist, jegliche Kontroverse zu vermeiden, wird der Bericht darüber etwa lauten: »Bonn pöbelt gegen GB!« Jede Geste, die die Anspannung künstlich erhöht, läßt sich als Appell an die Geister charakterisieren, die sie heraufbeschwören soll; zwar ist das Investitionskapital knapp, und es fehlt an Arbeitsplätzen, aber ein Mangel an Geistern herrscht nie.

Sie erscheinen in hellen Scharen beim Klang einer fernen Fanfare oder auf ein im Zorn gesprochenes Wort hin. Sogar der Golfkrieg, jener unvollendete Sieg, war ein Stichwort für all die erlernten Reflexe der jüngeren Geschichte.

Im Fernsehen stand die uniformierte Lady vor einem Artilleriegeschütz, das während ihres gesamten Kommentars seine *Message* in die Ferne hinausdonnern ließ, und rief: »Die Kanonen hinter mir sind in die Schlacht eingetreten, und es sind britische Kanonen.« An dieser Stelle habe ich abgeschaltet. Zu deutlich sah man den Geist, der ihr den Text zum Ablesen vorhielt.

Es ist höchst interessant, daß bei der kürzlich durchgeführten französischen Volksabstimmung diejenigen Landesteile, die Maastricht befürworteten, dicht an den Grenzen oder an der Küste lagen – diejenigen, mit anderen Worten, die Kontakt mit anderen Ländern und anderen Traditionen hatten.

Straßburg, das ein wahrer Bienenkorb an europäischen Aktivitäten ist und das beträchtlichen Nutzen aus den Beziehungen gezogen hat, stimmte mit überwältigender Mehrheit für den Vertrag.

Es waren die ganz entlegenen, zentralen Gegenden des Landes, in denen man eher dagegen gestimmt hat. Die Franzosen und die Deutschen mit ihrer entsetzlichen gemeinsamen Geschichte des Blutvergießens zeigen sich am erfolgreichsten bei der schwierigen Aufgabe, die Geister, Parasiten gleich, auszurotten, die sie nun mal sind. Vielleicht war es das schiere Grauen ihrer Erfahrung, das die Versöhnung zwischen de Gaulle und Adenauer notwendig gemacht hat. Das restliche Europa benötigt dringend einen Exorzismus, der es von diesem halb verborgenen Mehltau befreit: der Geisterplage.

1. Oktober 1992

WENN HEUTE MONTAG IST, DANN MUSS DAS MÜLHEIM SEIN...

Das Ende des Sommers ist heutzutage keine Frage des Wetters, sondern der Tätigkeit. Die plötzliche, altmodische Friedlichkeit der normalerweise wärmeren Jahreszeit ist wie eine Wiederentdeckung der Vergangenheit; die Landschaft zieht mit dem Tempo des gemütlichen Spaziergängers vorbei, Gedanken treiben sich müßig an den Rändern des Bewußtseins herum, und Tagträume ebenso. Die Ferien sind eine unentbehrliche Erinnerung an das, was der Mensch war, bevor menschlicher Erfindungsreichtum mit endlosen Ablenkungen in sein Gehege eindrang.

Dann fängt alles wieder von vorn an, und es geht von der Normalität des Mittelalters zurück zur Normalität von heute. Es gibt keine Klimabarriere zu überschreiten, keine erkennbare Grenze zwischen Müßiggang und fieberhaftem Treiben. Es kann leicht sein, daß es im September prasselnd regnet oder danach wunderbar mild ist. Macht nichts, die guten Tage liegen hinter uns, die besseren vor uns. Wir beschleunigen mit der Unausweichlichkeit einer Linienmaschine auf der Startbahn. Ich muß zugeben, ich habe gemogelt, um den Bruch weniger brutal wirken zu lassen. Mein erster Zwischenaufenthalt auf dem Weg in die Umlaufbahn war Dublin, ein Ort, der sich trotz sichtbarer Modernität den Luxus der Zeit bewahrt hat, ganz wie ein gesprächiger Trinker an einer blankgescheuerten Theke.

Vorwand für meinen Besuch war irgendein Jahrestag; es war nie klar, welcher; diese Information ist auch weder wichtig, noch verdirbt sie einem den Spaß an einer guten TV-Talk-Show unter der Leitung von Gay Byrne. Irland hat vielleicht nicht die finanziellen Mittel, um die wöchentlichen Abenteuer eines Detektives im schmuddeligen Teil von Limerick oder in den regennassen Docklands von Cobh zu ermöglichen. Aber wenn es um Talk-Shows geht, ist es die unerreichte Königin des Fernsehens. Denn üben die Iren die Kunst der Talk-Show nicht seit den Tagen St. Patrick's? Und Gay Byrne mit seiner koboldhaften Schrecklichkeit und dem Geruchssinn eines Trüffeljägers ist der Virtuose des Geplappers ebenso wie der Toscanini des Geplappers anderer.

Ausgerechnet Joseph Locke sang ein paar irische Balladen, und zwar mit einer Mischung aus Feingefühl und skrupelloser Inbrunst, die zumindest die Aufmerksamkeit gefangennahm. Es gab einen umwerfenden Film über Ereignisse aus seinem Leben, *Hear My Song*, und unvermittelt fühlte man sich beim Anblick der lebenden Legende, die da vor einem saß, als habe König Lear plötzlich beschlossen, es sei ihm zu zugig auf der Heide, und er sei nun hereingekommen, um die Lieder zu singen, die auf seinen Wanderungen im Winde wehten. Dann kamen mehrere Komiker; einer von ihnen zeichnete ein hysterisches Bild Irlands, völlig isoliert durch den Umstand, als einziges Land aus Überzeugung für Maastricht gestimmt zu haben – mit dem schrecklichen Resultat, als einziges Land dazu verdammt zu sein, nach den Regeln des Vertrags zu leben.

Als letztes in dieser Galaxie dann eine Erscheinung weniger lustig und weniger politisch als die meisten: Ex-Premierminister Charles Haughey mit einem Geschenk für die Sendung zur Feier des Tages. Es bestand aus einem stilisierten Nest aus Ulmenholz mit drei hölzernen Eiern darin, eines aus Ulme, eines aus Goldregen und eines aus irgendeinem anderen Holz; ich kann mich nicht erinnern, was es war – ich habe es mir zu oft erklären lassen.

Mr. Haughey, dessen Haarschnitt ohne Zweifel darauf angelegt war, ihm das Aussehen eines Ordensbruders aus dem 12. Jahrhundert mit ein paar eigenen Ideen im Kopf zu verleihen, trug dieses Objekt herein, als wäre er der Hüter des Heiligen Grals, und erklärte, es sei aus einer Ulmenholzsorte gemacht, die im Aussterben begriffen sei, eine etwas düstere, aber sehr irdische Note für einen freudigen Anlaß. Sicher ist, daß es eine Ulme weniger gab, nachdem diese Schale geschnitzt worden war. Von Irland ging es dann in die Bretagne und in ein Hotel, in dem ich bis zu meinem Zimmer achtzig Stufen zählte, die meisten davon abwärts, aber ein paar auch nach oben. Draußen auf einem Eisengitter prangte eine Tafel, die verkündete, es handele sich um ein *Relais Gastronomique*. Auf meine atemlose Frage nach der Zahl weiterer Treppenstufen zum Restaurant teilte man mir höflich mit, es gebe kein Restaurant. Es war schwer zu glauben, daß ich nicht immer noch in Irland war.

Der Grund für meine Anwesenheit in Dinard war die Tatsache, daß dieses angenehme Küstenstädtchen – vielleicht aus Neid auf seine größere Schwester weiter unten an der Küste mit ihrem berühmten Festival des amerikanischen Films – ein deutlich kleineres Festival mit britischen Filmen ins Leben gerufen hatte. Überall hingen Union Jacks, und wie es sich für eine Feier in einem keltischen Land gehört, fand die Eröffnungszeremonie nachts am Strand im strömenden Regen statt.

Da *Lawrence von Arabien* aufgeführt wurde, galoppierten ein paar einheimische Reiter in arabischen Gewändern den Strand hinauf und hinunter, aber so weit entfernt von den Zuschauern, daß sie aussahen wie Galeerensklaven bei einer gespenstischen Regatta.

Der Eröffnungsfilm war *Vice Versa*, bei dem ich 1947 für Drehbuch und Regie verantwortlich war. Trotz meiner bangen Aufregung verlieh er mir ruhige Zuversicht in Hinblick auf meine Zukunft.

Dinard wird mir wegen seiner wehmütigen Küstenlandschaft im Gedächtnis bleiben, wegen seiner Treppenstufen und wegen der Warmherzigkeit des Bürgermeisters und der Festivalleitung. Außerdem wegen der besten Jakobsmuscheln, die ich je gegessen habe, in einem winzigen Restaurant namens *Le Goeland*. Der Küchenchef ist ein wunderliches Genie, und er verabscheut jegliche Publicity für sich oder für sein Restaurant. Es tut mir leid, wenn ich sein Vertrauen breche; ich tue es fromm wie ein Boulevardblatt, im Interesse der Öffentlichkeit.

Als nächstes mit einem Privatflugzeug nach Madrid, um dort die Feierlichkeiten zur Wahl der Stadt als Kulturhauptstadt Europas für dieses Jahr zu eröffnen. Ich sollte zwei Vorstellungen mit meiner One-Man-Show in englischer Sprache geben, als Hors d'Oeuvre zu einem ausgedehnten kulturellen Bankett. Madrid liefert seinen eigenen Jetlag gleich mit. Die Eröffnungsfeier begann abends um halb elf, was zwangsläufig hieß, sie begann um elf. Nach der Show fand ein intimes Dinner für etwa vierzig Personen statt. Zapfenstreich um vier Uhr früh. Ich war überrascht, weil ein sehr großer Teil des Publikums Englisch sprach; als ich allerdings am Schluß meines Programms versuchte, zwei Nummern auf spanisch darzubieten, darunter einen Auftritt als Flamencosänger, da brach die Hölle los und fand ihren Ausdruck in rhythmischen Torero-Rufen. Nachher erfuhr ich, dies sei der Höhepunkt der Schmeichelei, wenngleich ich im Augenblick des Geschehens dachte, ich müsse womöglich wie van Gogh ein Ohr opfern.

Im Morgengrauen, nach dem zweiten Auftritt, in ein Flugzeug und nach Mülheim an der Ruhr, in die Hauptstadt der deutschen Lederindustrie. Hier, in einem von Grünpflanzen und Blumen explodierenden Park und im grellen Sonnenschein eines Altweibersommers, der mir nach dem tristen Regen in Madrid höchst willkommen war, hielt ich eine sogenannte Laudatio zum Ruhme Hans-Dietrich Genschers, des überaus konsequenten und phantasiereichen deutschen Außenministers. Da er der Architekt der deutschen Einheit und zudem der erste verantwortungsvolle Führer des Westens war, der die Ehrlichkeit Gorbatschows und Schewardnadses in all ihren verästelten Auswirkungen erkannte, war es nicht allzu schwierig, die richtigen Worte zu finden, nicht einmal mit meinem mangelhaften Deutsch.

Und jetzt? Es ist anderthalb Tage später; ich bin in Zimmer 322 des Peninsular Hotel in Beverly Hills. Es ist fünf Uhr sechsundvierzig Ortszeit, dreizehn Uhr sechsundvierzig in Europa, und ich beende gerade diesen Artikel. Bush, Clinton und Perot erscheinen unaufhörlich im Fernsehen. Wenn man den Ton abdreht, sehen sie aus wie die chargierenden Schauspieler in einem langweiligen Stummfilm.

Und was wird der neue Tag bringen? Alles zu seiner Zeit – oder, besser gesagt, zehn Dinge zugleich. Komm wieder, Sommer.

8. Oktober 1992

UNSER KÖNIGLICHES ERBE

Eine deutsche Zeitschrift beharrte darauf, daß ich meine Ansichten über das Verhältnis der Briten zu ihrer Königlichen Familie darlege, und dies ließ mich darüber nachdenken, wie das Verhältnis zu Königsfamilien in unserem lässigen Zeitalter allgemein aussieht.

Man muß sich natürlich über folgendes im klaren sein: Den Briten steht ein dicht bevölkertes Territorium zur Verfügung und infolgedessen besitzen sie eine wahrhaft nationale Presse, die nachts in jeden Spalt und jeden Winkel des Königreichs eindringen kann. Das führt zu Auflagen, die gemessen an anderen als astronomisch gelten müssen. Die Million wird nicht selten überschritten. Dies wiederum führt zu einem permanenten Überlebenskampf auf einer sehr hohen und gefährlichen Stufe. Folglich muß die öffentliche Neugier unerläßlich gereizt werden, um die erforderlichen Verkaufszahlen beizubehalten.

Dieser Krieg braucht ein entsprechendes Maß an Sensationsgier, und er findet sie mit größter Leichtigkeit in den geschützten Bezirken des Buckingham-Palastes. Kein Trick ist zu mies, keine Andeutung zu hinterhältig, zu schrill, zu kraß, um nicht die fromme Behauptung aufrechtzuerhalten, all dieses Treiben rühre ausschließlich her aus einem akuten Verantwortungsgefühl gegenüber jenem praktischen Ablenkungsmanöver: dem Recht der Öffentlichkeit auf Information.

Das Recht der Öffentlichkeit auf Lügenhaftigkeit, das Recht der Öffentlichkeit auf Schmutz, das Recht der Öffentlichkeit auf Unsinn wird nie erörtert, vermutlich weil man es für selbstverständlich hält und derart gut eingelöst, daß niemals Mangel auftritt.

Was macht die britische Königsfamilie so verwundbar gegen diese Angriffe auf ihre Privatsphäre, auf die sie anscheinend kein Recht hat? Nun, die Haltung ihnen gegenüber ist niemals klar; sie ist eine Mischung aus mittelalterlicher Ehrerbietung und moderner Grausamkeit. Man verneigt sich und knickst vor ihnen, man antwortet ihnen, aber fragt sie nicht, und man erwartet, daß sie es nicht bemerken, wenn sie in einem Verstoß gegen sämtliche ungeschriebenen Gesetze beleidigt werden.

Bei der Parlamentseröffnung sitzt die Königin mit einer plumpen Krone auf dem Kopf auf einem Thron und verliest eine Rede, in der die Ansichten des Premierministers zum Ausdruck kommen, wie jene sie formulieren, die seine Reden schreiben.

Nun kommt kein Mensch je auf den Gedanken, daß sie als hochintelligente und kluge Person womöglich Ansichten hegt, die in totalem Widerspruch zu dem stehen, was sie durch die Tradition zu sagen gezwungen ist. Man weiß, daß der Prince of Wales ein leidenschaftliches Interesse an der Zukunft der Architektur hat, daß er ein künstlerisches Temperament besitzt, das seinen Ausdruck in Worten und Aquarellfarben findet, die gelegentlich schüchtern ans Tageslicht gelassen werden.

Und doch sind die kritischen Bemerkungen von Royalisten wie von Fachleuten ausnahmslos laut und klar vernehmlich, wo es um den Ausdruck menschlicher Anteilnahme an Dingen geht, die uns alle betreffen. Die Fachleute, vor allem die Architekten und Stadtplaner, sollten vielleicht ein bißchen toleranter gegenüber Meinungen sein, die nicht unbedingt ihre eigenen sind, denn bei der Königlichen Familie haben sie es mit Leuten zu tun, deren Professionalität auf ihrem Gebiet noch höher ist als die ihre.

Was Royalisten und selbsternannte Richter angeht, die über das Verhalten in hoher Position urteilen, so tragen sie vielleicht die meiste Schuld an der außergewöhnlichen Aufrechterhaltung von Ritualen, die sicherstellen, daß es noch heutzutage Leute gibt, die Sklaven jahrhundertealter Gewohnheiten sind, während sie zugleich die Buhrufe der Gegenwart über sich ergehen lassen müssen.

König Juan Carlos hat es sehr viel leichter damit, höchstwahrscheinlich weil die Monarchie in Spanien ihre Unterbrechungen erfahren hat und er deshalb in der Lage war, seine eigenen Regeln zu schaffen und den uralten Pomp des Spanischen Hofes an die Erfordernisse unseres Zeitalters anzupassen. Er macht als König einen sehr viel moderneren Eindruck als seine britischen Kollegen, ist jederzeit zugänglich und, um eine Formulierung aus einem berühmten Prozeß zu borgen, nicht sparsam mit seinen Ansichten. Er hat sich dafür entschieden, ein Mensch zu sein, der zufällig König ist, und nicht ein König, der zufällig Mensch ist.

Und das ist der springende Punkt. Es hat nie einen Zweifel daran gegeben, daß die skandinavischen Monarchen, die mit dem Fahrrad in ihren Hauptstädten herumfahren, Leute wie alle anderen waren, nur eben in einen höheren Sattel geboren. Sie plauderten an der roten Ampel mit ihren Nachbarn und klingelten zum Zeichen dafür, daß sie überholen wollten, wie jeder andere im Straßenverkehr geübte Bürger; und wenn sie diese Praxis inzwischen haben aufgeben müssen, dann zweifellos aus demselben Grunde, aus dem sie auf so viele andere Freiheiten verzichten mußten: zu ihrer Sicherheit.

An sich aber hängen sie immer noch wie früher der Gewohnheit an, als gemütliche Könige und Königinnen zu leben. Großbritannien ist nicht mehr ganz sicher, wo es in dieser Frage steht, nachdem es die Funktion des Königtums nach jahrhundertelang aufgetürmten Vorbildern in einer nicht allzu lang zurückliegenden Reaktion auf das glückliche, glorreiche Protokoll unter Königin Victoria zum Volksführertum erhöht hat.

Jetzt indessen sucht es die Institution stromlinienförmig zu verschlanken, um einen Kompromiß mit den turbulenten elektronischen Zeiten zu finden, in denen wir leben. Die Institution widersteht der Stromlinie ebenso unbeugsam, wie es einer der Daimler aus Queen Mary's Flotte getan hätte. Vor Königin Victoria und den Gründern des Empires hat Großbritannien bereits Krisen der gleichen Art durchgemacht, beispielsweise mit Oliver Cromwell, dessen Platz in der Geschichte immer Anlaß zur Verlegenheit ist. Er war zweifellos ein Mann mit einer Bestimmung, der das Land mit strenger Hand regierte, nachdem er den König hatte enthaupten lassen – ein Grad der Kritik an der Institution, den seitdem niemand mehr ins Auge gefaßt hat. Er wurde mit einer langen Straße, die aus dem Zentrum wegführt, geehrt und einer kleineren Statue im Bezirk des Parlaments, welches er in Mißkredit brachte. Ein Schlachtschiff wurde ihm verweigert, allen Bemühungen des Obersten Admirals Churchill zum Trotz, der Größe erkannte, bevor er zugab, daß einer im Irrtum war.

Nach Cromwell war George IV. ein höchst eigentümlicher König, gestraft mit vielfältigen Begabungen, die ein Fluch für jemanden sind, der so tun muß, als sei er nur eine halbe Person. Er konnte alle in seiner Umgebung imitieren und tat es auch häufig. Sein Frühstück dauerte oft fünf Stunden und wurde nur durch das Mittagessen beendet. Er mixte Champagner, Port- und Weißwein mit einem Schuß Laudanum und aß als Zwischenmahlzeit am Vormittag nicht selten ein Steak und zwei Tauben, und nie verhelte er seine Liebe zu Mrs. Fitzherbert, während im Oberhaus seine Scheidung von Königin Caroline verhandelt wurde.

Falls einer glaubt, Skandale um die Königsfamilie seien etwas Neues, sei er an den großen Karikaturisten Gilray erinnert, der weniger unappetitlich war als *Spitting Image*, aber nicht weniger bissig. Nur in einer Hinsicht haben wir Fortschritte gemacht: Heutzutage ist das Königtum eine bedrohte Art, und es könnte durchaus sein, daß ihm Menschenrechte im Sinne von Helsinki verwehrt werden.

15. Oktober 1992

DER BLICK AUS WIEN

In Wien zu sein bedeutet, einen schrägen und dennoch unverzerrten Blick auf die Welt zu werfen. Die Wände des Hotelzimmers sind aus goldener Seide mit einem matten Blumenmotiv in Kassetten aus altweißem Holz. Die Vorhänge sind schwer wie in einem Roman von Sir Walter Scott, wo sie jedesmal, wenn sie erwähnt werden, eine Seite ausführlicher Beschreibung verdienen, und das Porträt einer gebieterischen Dame in der Hofkleidung des vergangenen Jahrhunderts gibt es außerdem.

All dies verströmt die Atmosphäre eines Selbstvertrauens, das auf einer längst verwehten Vergangenheit ruht, anheimelnd behaglich, aber auch verstörend. Auf einer weißgoldenen Kommode, kunstfertig von einem modernen Schreiner gebaut, auf daß sie zu der barocken Atmosphäre passe, steht ein hochmoderner Fernsehapparat, so daß die Persönlichkeiten von heute wie lebendige Schauspieler in einem antiken Theater in das stille Kielwasser vergangener Glorie eindringen können.

Ross Perots unharmonische Stimme beißt sich wie Säure durch Mozartsche Echos, während Präsident Bush blitzenden Auges in die Weite schaut und mit seinem quengelnden Tonfall auf die Anweisungen einer fernen Kommandozentrale zu reagieren scheint – »jetzt seinen Charakter angreifen – das ist deine letzte Chance« oder »jetzt ein bißchen Bescheidenheit – gib deine Fehler zu – aber doch nicht alle, herrgott noch mal«. Unterdessen beglückt Gouverneur Clinton mit einem Grinsen, das offenbar für ansteckend gehalten wird, sich aber nicht allzu sehr vom Grinsen Stan Laurels unterscheidet.

Seltsamerweise wirken diese Debatten, beobachtet man sie von einer Insel der Stabilität, wo einen Hufgetrappel, das von der Straße heraufschallt, nicht überraschen würde, noch deprimierender als vor einer modernen Kulisse. Es ist, als werde das Turnier von Wimbledon durch drei glückliche Verlierer aus den Qualifikationsrunden entschieden.

Mr. Major entrinnt der barocken Behandlung ebenfalls nicht. Er überquert rückwärts eine Straße, winkend und seine Argumente durch nachträgliche Überlegungen immer weiter schwächend, bis er die sichere Zuflucht seines Autos erreicht hat; und Mr. Heseltine verliest sein Statement zu neuerlichen Erwägungen über Zechenstillegungen wie ein abgestrafter Schuljunge unter den stürmischen Zwischenrufen der Opposition.

Wenn das Fernsehgerät abgeschaltet und der kurzlebige Strom der Ereignisse vorüber ist, nimmt das Zimmer seinen scheinbar unzerstörbaren Charakter wieder an. Wien ist eine interessante Stadt insofern, als es eine großartige Überlebenskünstlerin ist. Die Türken haben an seine Tore geklopft, und Napoleons Truppen haben es sich zur Gewohnheit gemacht, hier zu lagern – sehr zum Ärger Beethovens und mancher anderen. Die Russen waren nach dem letzten Krieg hier, und es ist einer der wenigen Orte, die die Kommunisten aus freien Stücken sich selbst überlassen haben.

Österreich war immer angesehen, selbst wenn es durch

Niederlagen geschwächt war oder durch die totale Besatzung unter Hitler. Hier wurde die berühmte Formulierung für einen unmöglichen Zustand geprägt: »Die Situation ist verzweifelt, aber nicht ernst.« Der Wiener Kongreß fand hier statt, am Ende jener Krankheit Europas, die unter dem Namen »Napoleonische Kriege« bekannt ist. Österreich als eines der Länder, die unter dem jahrelangen Konflikt am meisten gelitten hatten, wurde für würdig befunden, Gastgeber einer so weitreichenden Konferenz zu sein, und noch heute ist die Stadt Sitz einer der wichtigsten UN-Behörden, der Internationalen Atomenergie-Behörde. Nur wenige Städte auf der Welt sind noch von imperialer Vergangenheit durchtränkt. Rom ist eine davon, Kairo auch, aber aus Gründen, die durch den Lauf der Zeit abstrakt geworden sind. In Rom wie in Kairo sind aus den erhaltenen Spuren des Imperiums Hindernisse geworden, die den freien Fluß des modernen Straßenverkehrs stören. Imperiales spürt man auch in der hochgestochenen Atmosphäre von Paris, wo »imperial« eine Geisteshaltung ist, jene Grandeur, von der Le General so unermüdlich redete und die sich nicht nur auf Schlachtenruhm bezieht, sondern auch auf Möbel, auf die Sinne, auf den Geschmack im allgemeinen. London hat gleichfalls eine imperiale Persönlichkeit, obwohl es kein Empire mehr gibt. Hier führt dies zu einer gewissen Stabilität, um nicht Unbeweglichkeit zu sagen. Traditionen haben Bestand, selbst wenn sie ans Unsinnige grenzen. Wenn Blackrod dreimal mit seinem Stab an die Tür des Parlaments klopft, nachdem man sie ihm symbolisch vor der Nase zugemacht hat, um die Leute immer wieder an ein Ereignis zu erinnern, das die meisten längst vergessen oder nie gekannt haben, dann ist das typisch für diesen abnormalen Respekt vor nutzlosen Geschichtsanekdoten. Andererseits sind die Briten Geistern freundlich gesonnen, ja sogar besitzergreifend. Und das Exzentrische erkennen sie als idealen Weidegrund für den Humor. Die Briten lachen gern herzlich auf eigene Kosten, auch wenn dies manchmal nur dazu dient, dem Gelächter der Ausländer den Stachel zu nehmen.

Wien ist ebenso imperial wie die anderen erwähnten Städte; das ist um so bemerkenswerter, als ja nicht nur das Imperium verschwunden ist, sondern sogar ein Teil des Mutterlandes – Südtirol, das Italien zum Lohn dafür bekommen hat, im Ersten Weltkrieg an der Seite der Alliierten gekämpft zu haben. Zu Österreich-Ungarn gehörten Ungarn, die Tschechoslowakei, Teile Rumäniens, Slowenien, Kroatien, Bosnien und die Herzegowina. Es hatte eine Menge zu verlieren, und das nur in Europa. Man fürchtete nicht ohne Grund, Wien könne als Hauptstadt zu groß sein, als daß ein derart verkleinerter Staat es ertragen könnte.

Aber wie sieht die Realität heute aus? Briten und Franzosen benehmen sich eher so, als hätten ihre Länder seit dem Ende ihrer Imperien nicht viel Macht oder Einfluß verloren. Die Österreicher tun das genaue Gegenteil. Immer wieder betonen sie, wie klein ihr Land ist – nicht nur die Politiker, sondern auch die Taxifahrer und die Hotelportiers. Was versuchen sie wohl zu verbergen? Vielleicht bloß die Tatsache, daß es ein überaus erfolgreiches – Entschuldigung – *kleines* Land ist.

Zu einer Zeit, da alle anderen sich fragen, ob die Rezession nicht nur die Ouvertüre zur Depression sein könnte, geht es Österreich bemerkenswert gut. In der Nähe des Flughafens steht eine gigantische Ölraffinerie, in der große Mengen von russischem Rohöl verarbeitet werden. Sie betreiben eine Fülle von leichten, aber notwendigen Industrien: Sie bauen Lastwagen, Aufzüge und dergleichen. Eine lange Kette von weißlackierten Militärfahrzeugen läßt vermuten, daß sie an UNO-Aktivitäten beteiligt sind. Das stimmt, sagte der Taxifahrer, aber nicht im ehemaligen Jugoslawien. Das ist verständlich. Wenn jemals UN-Friedenstruppen in Nordirland eingesetzt werden sollten, dann wären britische Soldaten dabei kaum willkommen, aus den gleichen Gründen. »Unsere Vergangenheit«, sagte der Taxifahrer. »Unsere Nähe zu diesen Völkern.«

Eben ist das Zimmermädchen gekommen, um das Frühstück abzuräumen. Sie ist Burmesin. »Das Leben in Burma ist die Hölle«, sagte sie, »aber ich habe es geschafft, in eines der nur sechs Länder auszureisen, für die man in Burma ein Ausreisevisum bekommt: nach Österreich.« Von fast zweihundert Ländern nur sechs, und eines davon ist das ferne Österreich! Ist das nicht das beste Zeugnis für imperialen Geist, der gelernt hat, mit der Zeit zu gehen und in die Menschlichkeit zu investieren?

29. Oktober 1992

IM HERZLAND EUROPAS

Es ist eine gewisse Erleichterung, sich im Herzen Europas zu befinden, dort, wo dieses Wort als normale Beschreibung der Realität akzeptiert ist, nicht als Schreckgespenst für Menschen. Brüssel ist eine bezaubernde Stadt; ihre Persönlichkeit hat die Invasion der Ausländer überstanden, die man mit dem unangenehmen Wort Eurokraten bezeichnet, ganz wie die pedantischen Banker in Zürich Gnome heißen.

All dies ist Teil einer Kampagne zur Schaffung neuer Mythen als Grundlage für die Vorurteile von morgen. Es wird allgemein angenommen, daß die sogenannten Eurokraten, die ihr Gebäude bewohnen wie Bienen einen großen Bienenstock, machtversessen seien und Befugnisse haben, auf die sie kein Anrecht haben. Dieses Anrecht, so sagt man, kommt den gewählten Nationalparlamenten zu. Worauf es hinausläuft, sind die völlig normalen Reibungen zwischen Ministerien und ihrer halb geheimen Art, die Dinge zu erledigen, und dem chaotischen, eher emotionalen Stil derer, die sich vor Wahlkreisen und nicht vor Hierarchien zu verantworten haben.

Beide werden in einer ausgewogenen Demokratie gebraucht. Genau genommen sind diese Strukturen den Traditionalisten verdächtig: nicht, weil sie existieren, sondern weil sie sich auf ausländischem Territorium befinden. In Wahrheit müßte zum Ausgleich für die Aktivitäten der Eurokratie das Europaparlament größere Vollmachten haben, was natürlich wiederum bedeuten würde, daß die Nationalparlamente weniger Kontrolle über die Angelegenheiten der Gemeinschaft hätten. Das Europaparlament ist insgesamt gesehen ein Ort ruhiger Debatten, vielleicht weil seine Entscheidungen nicht so weitreichend sind, wie sie sein sollten, und vielleicht weil die Wucht des Gesagten durch die simultane Übersetzung gemildert wird. Das bühnenhafte Interieur entspricht der Mehrheit der Nationalparlamente in Europa, das heißt, man versammelt sich um den Sitzungspräsidenten herum, und so weiter.

Dieses Arrangement trägt dazu bei, die Diskussion zu konzentrieren wie in einem Gericht; anders die britische Methode, die Regierung und Opposition auf gegenüberliegenden Bänken miteinander konfrontiert, ganz wie bei den Grabenkämpfern in den großen, statischen Schlachten des Ersten Weltkriegs. Hier können sie nun brüllen und einander anschreien, können zerknüllte Drucksachen in die Höhe halten wie Handgranaten und überhaupt einen solchen Lärm veranstalten, daß einzelne Stimmen nie sehr lange zu hören sind, während die Sprecherin metronomhaft mit ihrem Hammer klopft und die widerspenstigen Abgeordneten mit hoffnungslosen »Order! Order!«-Rufen ermahnt, sich an ihr Alter zu erinnern.

Ein Besucher vom Mars mit demokratischen Neigungen könnte durchaus zu dem Schluß kommen, daß aus dem Europaparlament höchstwahrscheinlich intelligentere Entscheidungen kommen als aus einem rein nationalen, zumal angesichts des Zustandes der meisten durch Nationalparlamente vertretenen Länder und des Ansehens von Politikern im allgemeinen in den Gemeinschaften. Aber wenn wir von Ausländern keinen Rat annehmen, dann wird der stille Marsbewohner kaum Gelegenheit haben, sich Gehör zu verschaffen.

Wie dem auch sei, die meisten der sogenannten Eurokraten haben sich als intelligente und kluge Köpfe erwiesen, nicht wie die Comic-Strip-Biber, die die Phantasie bewohnen. In den schicken Restaurants hört man mittags sehr wenig Französisch oder Flämisch. Spanisch und Japanisch scheinen zu überwiegen.

Ich betrat einen der bestbeleumdeten Gastronomietempel der Stadt, in ziemlich formeller Kleidung und allein, da meine Frau in Paris weilte. Ich wurde zu einem kleinen Tisch geführt, und ein Kellner kam mit einer Ausgabe der *Financial Times*. »Zum Zeitvertreib, Monsieur Poirot?« Blitzartig erkannte ich, daß ich zu Hause war, in meinem Heimatland, mit künstlichen Wurzeln, die ich Agatha Christie verdankte. In Befolgung eines Reflexes nahm ich auf der Stelle meinen schönsten belgischen Burlesken-Akzent an und sinnierte laut vor mich hin. »Die *Financial-Times*?« überlegte ich. *»Quel luxe!* Lange ist es her, daß ich Gelegenheit hatte, in ihren Seiten zu blättern. Indes, ich will der Versuchung widerstehen, da der Hunger an meinen Eingeweiden nagt. Gleichwohl, es spricht doch sehr für die Klasse Ihrer Klientel, daß Sie es für nötig erachten, zum Wohl des einsamen Gourmets ein Exemplar zu erwerben.« »Wir haben hier nur die allerbesten Leute«, sagte der Kellner. »Hauptsächlich von der Gemeinschaft.« Ich runzelte die Stirn und ließ einen fiebrigen Blick über die anderen Speisegäste wandern. »Sie alle sind potentiell irgendwelcher Verbrechen schuldig«, erklärte ich in vertraulichem Ton, »die noch darauf warten, begangen zu werden.« »Kommen Sie eben aus London?« fragte der Mann. Ich schaute ihn mit durchbohrendem Blick an. »Zufällig nicht«, antwortete ich, »wenngleich ich zugeben muß, daß meine Überlegungen wohl so klangen, als sei ich soeben von dort gekommen.« Eine Zeitung brauchte ich nicht. Die übrigen Speisegäste waren mir Unterhaltung genug, nachdem mir eingefallen war, daß Poirot sich einen Spaß daraus zu machen pflegte, auf hundert Meter Abstand Lippen zu lesen.

Mittels dieser Technik entdeckte ich mehrere dissonante Note in den Gesprächen ringsumher, aber sie endeten nicht in handfesten Mordtaten, bevor ich das Etablissement verließ. Das war mir nur recht, denn nichts ist so sehr unter meiner Würde, wie tatsächlich Zeuge eines Mordes zu werden. Dahin ist die süße Qual der Deduktion. Dahin die Ausübung purer Intelligenz und die schmeichelhafte Galerie staunender Gesichter, zumeist bevölkert von der Polizei.

»Ist die Bedienung eingeschlossen?« fragte ich den Kellner, als ich mich zum Gehen anschickte. »Nein, Monsieur«, sagte er, plötzlich unterwürfig. »Wie unglückselig für Sie, mein Freund«, blaffte ich, unversehens eingedenk der geizigen Ader Poirots, und trat hinaus in den Regen, der uns ebenso gemeinsam ist wie der Markt. Im nächsten Augenblick kehrte ich in eigener Person zurück und hinterließ eine kleine Aufmerksamkeit.

Jetzt bin ich in Holland. Das Wetter ist schön und kalt. Das ist nicht mehr das Herz Europas, aber eine seiner Arterien. Es gab keine sichtbare Zollkontrolle zwischen Holland und Belgien und übrigens auch nicht zwischen Deutschland und Belgien. In allen wesentlichen Angelegenheiten ist Europa bereits ein geeintes Land, und die rassistischen Unruhen in Deutschland werden allgemein als ein Unglück in der Menschheitsfamilie betrachtet, nicht als Symptom einer immanenten Fragilität im deutschen Charakter. Gewiß erörtert man diese Schwierigkeiten gründlich auch in Deutschland selbst und entwickelt in aller Ruhe eine politische Strategie gegen etwas, das ohne Zweifel eine internationale Verschwörung von Lümmeln ist, die darauf aus sind, das Selbstvertrauen des Westens aus dem Gleichgewicht zu bringen. Selten wird darauf hingewiesen, daß Deutschlands Bereitschaft zur Aufnahme von Einwanderern in Europa unerreicht ist, und die vielen nicht-europäischen Gesichter auch in Amsterdam und Brüssel spiegeln eine außergewöhnliche Tradition der Gastfreundschaft gegen Menschen in Not.

Zigeuner sind die einzige Unterabteilung der menschlichen Spezies, die immer noch alle möglichen Reaktionen von Bedenken bis zur Feindseligkeit hervorrufen, wahrscheinlich wegen ihrer Unabhängigkeit von allen Konventionen. Ein hochgebildeter Zigeunersprecher offenbarte im Fernsehen das ganze Ausmaß der gesellschaftlichen Ächtung und erwähnte auch, daß es in ihrer Sprache kein Wort gibt für Krieg.

5. November 1992

PAX ROMANA, PAX AMERICANA

Es ist also vorbei – vorbei die Übertreibungen, die Unhöflichkeiten, die Künstlichkeiten. Solange es währte, waren die Kandidaten von der allgemeinen Aura der Mittelmäßigkeit umgeben, und sie erschienen einander ähnlicher, als sie waren. Nur David Frost, der seine Arbeit wunderbar gemacht hat, vermochte sie von dem Image loszueisen, das sie in jenen unergiebigen Debatten erworben hatten, in denen sie wie Schauspielschüler beim Vorsprechen für ihren Auftritt beurteilt wurden, statt für die Substanz dessen, was sie sagten.

Natürlich war es der Sieg einer jüngeren Generation – der Leute, die Spontaneität als Tugend empfinden, zumindest aber als Form der Ehrlichkeit, und die keine Geduld für die Konsenssucher aufbringen – für die Leute, die versuchen, an einen statistischen Durchschnittsbürger zu appellieren und zugleich den Wünschen einflußreicher Lobbies entgegenzukommen.

Es war außerdem ein Sieg für das weibliche Geschlecht, das es womöglich satt hat mitanzusehen, wie der Begriff der Heiligkeit des Lebens immer nur auf Embryonen angewandt wird, nie auf die Lebenden in einer Welt, die durch ein Übermaß an Grausamkeiten wie an Informationen gefühllos geworden sind. Kinder und Alte, Gesundheit und Bildung, das sind die drängendsten Probleme unserer Zeit, und fromme

Worte über die Irrtümer jener, die gegen den Vietnamkrieg opponierten, haben keinen nutzbringenden Platz auf der Prioritätenliste von morgen.

Es war interessant, diesen ganzen fernen Tumult von Rom aus zu beobachten, dem Dreh- und Angelpunkt der antiken Welt. Sie haben viel gemeinsam, die *Pax Romana*, die sich wie eine furchterregende Warnung an alle Missetäter über die gesamte bekannte Welt spannte, und die *Pax Americana* – ein Status quo, verfügt von einem Sicherheitsrat, der bereit ist, sich jeden Augenblick in den Dienst einer von mancherlei Interessen nicht unbeeinflußten internationalen Moral stellen zu lassen.

Die Offenheit der römischen Gesellschaft war ein gutes Beispiel, dem die Amerikaner folgen könnten. Sie haben eine entspannte Einstellung zum Leben im allgemeinen – *take it easy* ist eine Beschwörung, die von keiner anderen Zivilisation kommen könnte, und die Betonung liegt auf Jogging, Kosmetik und körperlichem Wohlbefinden.

Als das Römische Reich sich allmählich der Dekadenz entgegenschleppte, achtete es weniger streng auf die Herkunft seiner Führer; Dalmatier und Iberer waren durchaus akzeptabel, solange sie von einem Sinn für den römischen *way of life* erfüllt waren, einen *modus vivendi*, der für diejenigen, die ihn praktizierten, sogleich erkennbar war. Auch in Amerika beharrt man nicht mehr so streng auf der protestantischen Orthodoxie der Präsidenten. Schon mit Kennedy hatten wir einen Katholiken im höchsten Amt des Landes, und Juden und Scharze waren unter den Kandidaten.

Es wird sicher nicht mehr lange dauern, bis auch Frauen sich unter den Amtsbewerbern finden, so wie sie schon auf den Kanzeln und vor den Altären einer sich wandelnden Welt erschienen sind.

Die menschliche Natur entwickelt sich so langsam, daß die Veränderung auch im besten Fall kaum und oft überhaupt nicht wahrzunehmen sind. Gleichwohl kann es sein, daß die neue Ära in Amerika, in jener einflußreichsten aller Gesellschaften, ein wenig Licht auf die Erschütterungen in anderen Teilen der Welt wirft.

Ohne Zweifel war der Drift nach rechts und die Diskreditierung der Linken nach dem Kollaps der sozialistischen Strukturen im Osten eine Tendenz, deren Folgen auf die ganze Welt gewirkt haben; aber vielleicht hat sie jetzt ihr logisches Ende erreicht – logisch einfach deshalb, weil ein Pendel, hat es einmal seinen äußersten Punkt erreicht, nur zurückschwingen kann. Mit dem Ende der Ära Bush werden verrückten Rechten vom Schlage eines Pat Buchanan, die Redneck-Rekrutierungsoffiziere und die pharisäerhaften Fundamentalisten, die auf Faxfuß mit dem Göttlichen stehen, sich wieder eher bedeckt halten. Der Mann auf der Straße – heutzutage allzu oft der Mann in der Gosse – wird inmitten der Trübnis dieser Vision ein unerwartetes Aufflackern von Hoffnung wahrnehmen.

Vielleicht bleibt es bei dem Flackern, aber ein Flackern ist besser als nichts. Auch dies wiederum haben Rom und Washington gemeinsam. Der Pomp, mit dem man das Gesetz zelebriert, ist einer der wirklich skandalösen Exzesse des schlechten Geschmacks in unserer Zivilisation. Man betrachte den Justizpalast in Rom mit seinen monströsen Proportionen, wo Oratoren in Toga überall im Gebäude für ihre verschollenen Anliegen plädieren, wo allegorische Gruppen auf jeder Ebene mit unentzifferbaren Tätigkeiten beschäftigt sind und auf dem Dach in einem Streitwagen eine Wagenlenkerin mit verbundenen Augen eine Quadriga von unbezähmbaren Pferden führt – ein Symbol, so möchte man annehmen, für die Gefährlichkeit des Wagenlenkens mit verbundenen Augen.

Es ist stets ein ernüchternder Gedanke, daß solche elefantösen Steinhaufen (und jede Hauptstadt besitzt irgendeine Paraphrase dieses Themas) allein dazu geschaffen wurden, die niederste Schicht der Gesellschaft zu beeindrucken, die Kriminellen nämlich, die dumm genug sind, sich erwischen lassen. Ja, viele der besten Köpfe eines Landes sind ausschließlich damit befaßt, arme Kretins zu monate- oder jahrelanger Kerkerhaft oder gar zum Tode zu verurteilen, oder aber sie zu verteidigen. Aber selbst hier ändern sich die Dinge insofern, als mit dem Aufkommen der supranationalen Konzerne auch die finanziellen Gelegenheiten selbst so international geworden sind wie die Verschwörung, die Geldwäsche und selbst die Korruption.

Der Ostblock ist eingeladen, sich der Marktwirtschaft anzuschließen, und zwar zu einer Zeit, da eine nie dagewesene Zahl von Betrugsvergehen ans Licht kommt – ein prachtvolles Vorbild. Die Folge ist, daß heute ein gebildeterer Typus von Personen ins Gefängnis wandert, und das ist durchaus eine Veränderung. Das italienische Fernsehen weist eine weitere Ähnlichkeit mit dem gewaltigen Geflecht amerikanischer Networks auf: Auf dem Bildschirm erscheinen in endloser Folge gutgekleidete Männer, die wegen Vergehen auf höchster Ebene in Gewahrsam genommen wurden, wegen Schwindelgeschäften im Zusammenhang mit Wohnungsbau und wegen Verstößen gegen das öffentliche Vertrauen. Die Männer winden sich in Autos hinein, die kleiner sind als die, welche sie gewöhnt sind, und werden von der Polizei zu unbekannten Bestimmungsorten gefahren, begleitet von Rechtsanwälten, deren Mienen ebensoviel Unverbindlichkeit wie diskrete Zuversicht ausstrahlen.

In Italien hat man tatsächlich angefangen, bei den vornehmsten Freimaurerlogen auf der Suche nach Verbindungen zum organisierten Verbrechen Dokumente zu beschlagnahmen. Amerika besitzt Wertpapierdealer im Überfluß und die Sorte Robin Hoods, die die Reichen berauben und das Geld selber behalten. Großbritannien hatte die Maxwell- und die Guinness-Saga, während Frankreich sich mit der elenden Geschichte der Ärzte plagt, die dafür verantwortlich sind, daß aidsverseuchtes Blut in den Handel gebracht worden ist. Die Gefängnisse füllen sich mit klugen Leuten.

Angesehene Führer werden die Gefängnisse unter Gastronomie- und Komfortgesichtspunkten mit Sternen klassifizieren. Gefängnisdirektoren werden sich einen Ruf als Hoteliers erwerben, mit Farbfernsehern und Minibars allenthalben. Der Kundschaft wird empfohlen, die Zellen zu reservieren, bevor man sie erwischt.

Aber an der Außenmauer meines Hotels prangt ein großes Hammer-und-Sichel-Emblem mit den Worten: »Der Kampf geht weiter«. Achten Sie also auf das Pendel!

12. November 1992

DIE SCHLECHTESTE ALLER WELTEN

Der Streit um das internationale Handelsabkommen GATT zeigt, wie engverflochten unsere Geschicke sind und in welchem Maße wir von den Entscheidungen anderer abhängig sind. Das amerikanische Ultimatum, das mitten in einem Wahlkampf losgelassen wurde, sah noch mehr als sonst wie ein Fehlurteil aus; die Franzosen präsentierten eine energische Überreaktion, und das übrige Europa zeigte Bereitschaft zu dringenden Gesprächen nach Tausenden anderer dringender Gespräche.

Unterdessen überschütteten wütende Bauern die Autobahnen mit den Früchten der Erde in abscheuerregendem Überfluß. Ein belgischer Blockierer, der mit seinem Traktor eine lebenswichtige Arterie versperrte, nannte als Grund für seine Aktion »Solidarität mit unseren französischen Brüdern«. Als man ihn eingehender nach der Natur dieser Solidarität befragte, gestand er seine Unwissenheit.

In einer Zeit zunehmender Armut, in der Politiker an Wetterfrösche erinnern, die heitere Perioden vorhergesagt haben, während es den ganzen Tag lang unablässig regnet, gibt es ein allgemeines Gefühl des Überdrusses hinsichtlich der Angelegenheiten, die einem in normalen Zeiten kaum ein Anheben der Augenbraue wert wären.

Die Nerven sind permanent strapaziert. Das gutwillige Lächeln wirkt angespannt, und Leute, die es eigentlich besser wissen sollten, sind sofort gekränkt. Alte Vorurteile kommen zum Vorschein, während manche Beispiele für internationale Zusammenarbeit vorzüglich funktionieren. Diese groteske Rückkehr in den Morast uralter Feindseligkeiten ist ebenso abscheulich wie dumm.

Europa ist unglücklich, weil es kein reines Gewissen hat. Es gibt eine fundamentale Unausgewogenheit der Prioritäten. Wenn supranationale Konzerne in manchen Weltgegenden mächtiger geworden sind als gewählte Regierungen, dann trifft es zugleich zu, daß der Terrorismus ein supranationales Element enthält, und zwar in Gestalt fest etablierter Bindungen zwischen IRA, ETA und allerlei anderen gespenstischen Gruppen, die Unschuldige ermorden.

Es gibt außerdem unübersehbare internationale Verbindungen zwischen den Lümmeln, die jüdische Gräber schänden und Immigranten attackieren, allzu konzertierte Aktionen, als daß man sie auf ein lokales Fieber zurückführen könnte. All das läßt sich auf einen Mangel an europäischer Entschlossenheit zurückführen, auf das Fehlen der mächtigen Einheit Europa als gefestigte, eigene Persönlichkeit neben all den Persönlichkeiten seiner Mitglieder.

Mit derartiger Bereitwilligkeit setzte man Saddam Hussein bei Ausbruch des Golfkriegs unter Druck – unter dem Vorwand, er sei in ein anderes UN-Mitgliedsland eingefallen, und mit der Rechtfertigung, lebenswichtige Ölinteressen seien gefährdet, was mit dem Überfall auf Kuwait leicht zu vereinbaren war. Auch hier mangelte es Europa an zusammenhängender Begeisterung. Nur Großbritannien und Frankreich entsandten, um den Schein zu wahren, kleine Kontingente, damit UN nicht zu einem Synonym für US werde.

Für den permanenten moralischen Affront in dem Land, das einst Jugoslawien war, gibt es anscheinend keine solche Rechtfertigung. Man betrachtet das Ganze in heuchlerischer Weise als interne Angelegenheit eines Landes, das in seiner ursprünglichen Form nicht mehr existiert. Wie hätten es wohl die amerikanischen Kolonisten empfunden, wenn ihr Kampf um Unabhängigkeit von anderen Nationen als ausschließlich britische Angelegenheit und Angelegenheit interner Rechtsprechung betrachtet hätten?

Leider sind wir seit jenen schwindelerregenden Tagen revolutionärer Inbrunst reifer geworden, und die heutige Lösung besteht in der Entsendung der UN, nicht, wie man sich ihrer im Irak bedient hat, sondern in streng entmannter Form, so daß die Soldaten außerstande sind, ihre Waffen zu benutzen, solange sie nicht direkt angegriffen werden.

Dies ist offensichtlich die schlechteste von beiden Welten; einerseits nehmen müde Verhandlungen unter frustrierten Diplomaten ihren Fortgang, und auf der anderen Seite haben wir Lügner und Betrüger ohne das geringste Interesse an einer Lösung, die anders als mit Waffengewalt von statten ginge. Es ist ein Spiegelbild jener anderen Anomalie – der amerikanischen Waffengesetze, die verfügen, jedermann habe das Recht, sich zu verteidigen. Die Vollstrecker einer solchen Lösung im Fall Bosnien-Herzegowinas glauben, das moralische Gewicht der UN genüge als Garantie dafür, das die Blauhelme nicht gedankenlos angegriffen werden. In gewissem Sinn haben sie recht. Opfer sind ausschließlich die, die es auch vorher waren: Männer, Frauen und Kinder. Dies muß katastrophal für die Moral der Truppen sein, die ständig mit Tragödien konfrontiert sind, aber nicht einschreiten können.

Eine weitere schlimme Wirkung besteht darin, daß die Serben gelernt haben, wie weit sie mit ihrer grausigen Politik gehen können – weit genug, um den Horror immer weiter fortzusetzen. Offensichtlich funktionieren die Sanktionen hier nicht so gut, wie sie es im Irak hätten tun können. Unicef konnte Hilfslieferungen nicht durch den Zoll bringen und sah sich genötigt, die Waren in Serbien noch einmal zu kaufen – teuer, aber möglich. Daß man eine solche offene Wunde unversorgt und unsterilisiert bluten läßt, ist eine Beleidigung der Gefühle der Welt und eine sehr reale Gefahr für die Zukunft Europas.

Dieser Mangel an Entschlossenheit ist geradezu eine Aufforderung an die verrückte Minderheit von Mini-Walküren, weiterhin getrost über Flüchtlingslager und heilige Bezirke herzufallen und sich darauf zu verlassen, daß die Polizei im Angesicht ungewöhnlicher Situationen perplex ist.

Es sei fern von mir, für neuerliches Blutvergießen zur Lösung irgendeines Problems einzutreten, aber die europäische Glaubwürdigkeit steht auf breiter Front auf dem Spiel, von Bosnien bis GATT.

Ein bei Schwartzkopf so beliebter chirurgischer Schlag gegen die serbische Artillerie in den Bergen oberhalb von Sarajewo wäre eine schmerzhafte und heilsame Lektion mit dem offenkundigen Signal, daß das gleiche, wenn nötig, wieder passieren kann.

Ein für allemal, wir haben es nicht mit internen Problemen Jugoslawiens zu tun. Slowenien und Kroatien sind bereits unabhängig. Bosnien möchte es werden, wird aber attackiert von einem aufstrebenden Serbien und dem nur halb zustimmenden Kroatien. Und der Kosovo wartet, bis er an der Reihe ist, auf die wankelmütige Gunst serbischer Kriegsherren, von Mazedonien ganz zu schweigen. Wenn jetzt nichts geschieht, werden wir es noch bereuen.

Wie wir reagieren, hat direkten Einfluß auf unseren Umgang mit Hooligans, die in Zeiten der Arbeitslosigkeit und Depression die Ressentiments gegen Ausländer auszubeuten trachten.

Die Grenzen zu schließen, ist keine würdige Lösung. Wenn Europa Realität werden soll, müssen wir fähig sein, mit uns selbst wie auch mit unseren Brüdern und Schwestern zusammenzuleben.

19. November 1992

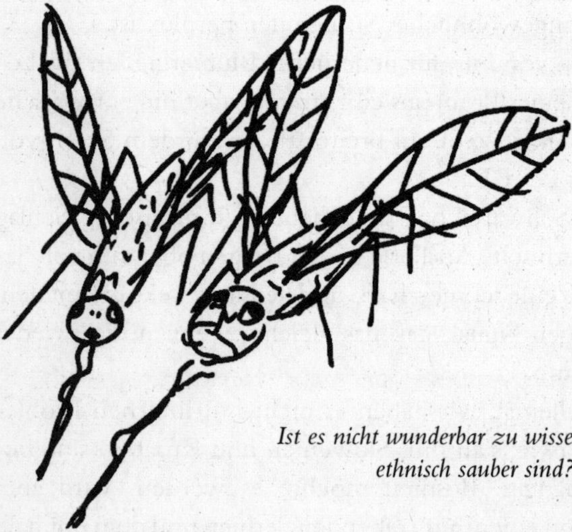

Ist es nicht wunderbar zu wissen, daß wir ethnisch sauber sind?

CHAMÄLEON DEMOKRATIE

Was ist Demokratie? Was immer ein Lexikon Ihnen antworten mag, es ist unwahrscheinlich, daß es mehr als eine Definition dieses vielgebrauchten und viel mißbrauchten Wortes enthalten wird. Das alte Griechenland war Ursprung des Wortes wie des Konzepts: des notwendigen Vorrechts der persönlichen freien Wahl.

Ein menschliches Wesen ist eine sakrosankte Einheit, nicht nur fähig zu wählen, sondern auch dazu, die volle Verantwortung für seine Wahl zu übernehmen. Wann immer Bedingungen herrschen, in denen dieses fundamentale Recht nicht ausgeübt werden kann, schleichen sich noch andere Erwägungen ein, wie bei den Schlagwörtern der Französischen Revolution und später auch Frankreichs selbst: *Liberté, Égalité, Fraternité*.

Seit der Zeit der amerikanischen Revolutionskriege gibt es den Wettstreit, welches Land seinem Volk die größte persönliche Freiheit einräume. Tief in der Psyche der Amerikaner wurzelt die Überzeugung, daß sie der Ursprung aller modernen demokratischen Praxis seien, trotz aller Anpassungen, die das Land im Laufe seiner Ausdehnung vom Status eines Drittweltlandes zum Riesenbundesstaat von heute durchlaufen hat.

Über diese Unermeßlichkeit streiten sich traditionell zwei unbestimmt definierte Parteien; von der Teilnahme eines dritten Elements wird nicht nur abgeraten, sondern sie wird in einem verhindernden Maß teuer gemacht.

In diesem Sinn steht die Politik sicher in einem direkteren Zusammenhang zum Geld als in weniger wohlhabenden Gesellschaften; ein rettender Aspekt ist nur die Bewegungsfreiheit, die einzelnen Politikern im unbestimmten Niemandsland zwischen den beiden Fraktionen eingeräumt wird. Wahnsinnige Ex-Soldaten mit Privatarmeen, Religionsfanatiker, überhitzt von Feuer und Schwefel, und Klansmänner mit ihren spitzen Narrenhüten sammeln sich zumeist am rechten Flügel der Republikanischen Partei. Hippies, Blumenkinder und Abweichler sind Bündnistreue des linken Flügels der Demokraten. Aber der ganze Rest ist unbedingt austauschbar – mit der gelegentlichen Ausnahme eines Einzelgängers wie Ross Perot, der eine neue Tradition von Politik zu schaffen sucht, die sich aber stur allen Anstrengungen verweigert, sie ins Leben zu rufen.

Ob ein derart schwerfälliges System, verstanden nur von wenigen Beobachtern aus olympischer Warte mit seinem abgelegenen Wahlmännergremium und Resultaten, die sehr wenig Einfluß auf die Ergebniszahlen haben, wirklich die Meinungen der Wähler widerspiegelt, ist Gegenstand endloser Debatten wie alles andere in einer Demokratie, die sich selbst achtet.

Großbritannien hat ein anderes Problem. Sein demokratisches System ist im besten Fall einfach und im schlechtesten primitiv. Es ist alles ganz simpel und funktioniert auf der Grundlage eines konstitutionellen Fußballspiels, wobei die Regierung auf der einen, die Opposition auf der anderen Bank sitzt und ein paar vereinzelte Spieler einer kleineren

Partei als weniger vielversprechende Reserveleute dabeisitzen dürfen. Wer das Spiel gewinnt, bekommt alles. Dem Verlierer bleibt gar nichts. Die Volksvertretung ist nie auch nur annähernd proportional; in den letzten Jahren ist es für die Konservativen sogar zur Regel geworden, mit einer deutlichen Stimmenminderheit zu regieren, was nicht ganz der Demokratie entspricht, die ein Purist sich träumen lassen würde.

Frankreich versucht es mit einer anspruchsvolleren Lösung; dort hat jede Wahl zwei Touren – in der ersten wird dafür gesorgt, daß die Splitterparteien eliminiert werden wie Flecken durch ein Waschmittel, und im zweiten Wahlgang werden dann die eigentlichen Konkurrenten um den Abgeordnetensitz neu gegeneinandergestellt, was denjenigen, die vorbehaltlos für unwählbare Elemente eingetreten sind, erlaubt, ihre Gefolgschaftstreue nunmehr auf die zu übertragen, die eine Siegeschance haben. Das ist sicher demokratischer und auch teurer. Das hochkomplizierte Föderalsystem in Deutschland – Folge der Aufteilung des Landes in Länder von sehr unterschiedlicher Größe und Bedeutung – ist auf andere Systeme kaum direkt anwendbar.

Die Italiener hingegen mit ihrer peinlich genauen Beachtung sämtlicher Nuancen von Meinungen haben ihr Land buchstäblich unregierbar gemacht, mit einer Vielfalt von Parteien, die jedesmal, wenn eine Regierung fällt, aus einer Koalition in die andere rutschen – also nach den Maßstäben anderer Länder sehr häufig.

In Rom tagt ein Ausschuß, der versucht, Verfassungsänderungen vorzunehmen, ohne auf ein Referendum zurückzugreifen. Onorevole Panella, Chef der kleinen Radikalen Partei, hat den Ausschuß gedrängt, sich für die britische Form der Demokratie auszusprechen, zumindest aber für den Senat, während die französische Variante vom Parlament favorisiert zu werden scheint. Panella ist ein fesselnder Redner. Als man ihm vorwarf, er habe destruktive Äußerungen über einen Freund in der Kammer getan, lächelte er bezaubernd und schnurrte: »Das Schlimmste habe ich ihm erspart, aus Freundschaft.« Wird eine solche machiavellische Entgegnung noch möglich sein, wenn der italienische Senat den strengen Regeln des Unterhauses unterworfen wird? Zum Glück ist niemand verschroben genug, um dem britischen Oberhaus als Vorbild der europäischen Demokratien nacheifern zu wollen.

Natürlich sehen die Italiener lediglich die Vorzüge des britischen Systems, und sie können nur ahnen, welche Frustrationen es bei den Menschen hervorruft, die sich nie vertreten fühlen. Ich kann nur sagen, als ich noch in Großbritannien lebte und daher das Privileg des Wahlrechts besaß, habe ich kein einziges Mal für jemanden gestimmt, der dann auch ins Parlament kam. Mehr als ein halbes Jahrhundert lang war es, als ob meine Stimme gar nicht existierte – was mich zum springenden Punkt in all diesen endlosen Neubewertungen unserer Demokratien bringt. Sind politische Systeme nicht, wie Religionen, im Grunde eine Frage von Klima und Geographie?

Die große italienische Begabung ist die *combinazione*, die Anpassung, mit der das Unregierbare regiert wird: Das Land ist am sichersten, wenn keine Hände am Steuerruder des Staates zu sehen sind. Wie wird ein solcher Instinkt mit seinen blitzschnellen Reflexen mit der scholastischen Disziplin einer englischen Schule zurechtkommen, die sich im jugendlichen

Überschwang und der gelegentlichen Schlaftrunkenheit des britischen Parlaments getreulich widerspiegelt? Jedermann weiß, daß das britische Wahlsystem ungerecht ist, aber man hält es mit relativer Aufrichtigkeit für das beste verfügbare.

Panella ist von diesem Mythos offensichtlich gefangen, aber was weiß er von der Fähigkeit der Briten, mit Ungerechtigkeiten zu leben und die Ohren steifzuhalten, wenn sie die Folgen davon auf sich nehmen, und was weiß er von ihrer endlosen Eleganz in der Niederlage? »Glück im Spiel« ist ein fatalistischer britischer Ausdruck, erfüllt von jenem nationalen Masochismus, der davon überzeugt ist, es sei viel wichtiger, an einer Kraftprobe teilzunehmen, als sie zu gewinnen.

Das glauben die Italiener nicht einen Augenblick lang, und wenn sie ihrem Erbe auch nur eine Spur von Treue entgegenbringen, dann werden sie weiter auf ihre unnachahmliche Art versuchen zu gewinnen, indem sie alles so kompliziert machen, daß es sonst niemand mehr versteht – Onorevole Panella eingeschlossen. Man spiele nach den Regeln, unbedingt – aber man versichere sich auch, daß man die Regeln auf seiner Seite hat.

27. November 1992

GEDANKEN ÜBER EINE GOLDENE STATUE

Die Ewige Stadt? Wahrscheinlich, mehr oder weniger. Gewiß ist es die Stadt, in welcher der Mensch auf das unerhörteste und auf sehr unterschiedlichen Ebenen spiritueller Erhebung mit seiner eigenen erhofften Unsterblichkeit geflirtet hat. Andererseits gibt es hier St. Peter, die überwältigende Hommage an einen Heiligen, der sich mit dem Kopf nach unten kreuzigen ließ, damit er dem Leiden Christi nicht nacheifere, indem er es nachzuahmen schien. Gewiß dürfte ein solcher Mann anderes im Kopf gehabt haben als sein künftiges Mausoleum.

Es gab aber auch Nero, als geistige Autorität keine besonders große Leuchte, der sich eine nur siebzig Meter hohe Statue aus Gold errichten ließ; er tat einen erleichterten Seufzer, als sie enthüllt wurde, knabberte an dem bißchen Fingernagel, das von dem neurotischen Bankett übrig war, und sagte: »Jetzt kann ich endlich anfangen, wie ein menschliches Wesen zu leben.«

Es ist wirklich außergewöhnlich, was manche Leute loswerden müssen, bevor sie sich zu einem Leben in dumpfer Normalität zurücklehnen können. Für wie viele anonyme Spaziergänger auf der Straße würde eine siebzig Meter hohe Statue den Unterschied zwischen Streß und heiterer Gelassenheit markieren? Wahrscheinlich sind es herzlich wenige im Überbevölkerungsgedränge von heute, wo die Anonymität an sich die größte Bedrohung für den Seelenfrieden darstellt und wo sogar bestimmte Verbrechen der Suche nach der eigenen Identität zugeschrieben werden können.

Es ist heute viel leichter, einen maßlosen Mord zu begehen, um sich des angstvollen Respekts der Leser unserer Boulevardpresse zu versichern, als eine siebzig Meter hohe goldene Statue von sich aufzustellen. Die unerschwinglichen Kosten würden es verhindern, von den heute erforderlichen Baugenehmigungen ganz zu schweigen.

Als die Welt noch jung und relativ leer war, dachte man sich nichts dabei, auf diese hemmungslose Weise nach der Unsterblichkeit zu greifen.

Aber ein Spaziergang über das römische Forum macht deutlich, wie eitel solche Ambitionen sind. Die meisten der Säulen, die dazu gedacht waren, die Herren und Meister ein bißchen mehr dem Himmel entgegenzuheben, stehen noch an Ort und Stelle, auch wenn die Persönlichkeiten, die sie tragen sollten, inzwischen verschwunden sind. Die Säule, die das goldene Standbild des Kaisers Phocas trug, ist immer noch intakt und sieht gesund genug aus, um weitere zweitausend Jahre zu überstehen. Aber Phocas selbst ist weg. Wir sind schließlich in Rom, wo Dinge von kommerziellem Wert, Gold etwa, eine Neigung zum Verschwinden haben, und Dinge von geringem Marktwert, Säulen zum Beispiel, stehenbleiben. Phocas wurde schon vor Jahren eingeschmolzen und zu Manschettenknöpfen verarbeitet, aber seine Säule ist erhalten geblieben.

Welch ein Glück und welche Einsamkeit für Lord Nelson oben auf seiner Säule am Trafalgar Square in London, wo er Stürmen die Stirn bietet, die er an Bord der *Victory* nie über sich ergehen lassen mußte. Er hat zwei große Vorteile. Er ist nicht aus Gold und er ist nicht in Rom. Aus diesen beiden Gründen ist er noch da und kann sein Stückchen Unsterblichkeit genießen, ein Sitzplatz für gesellige Tauben und ein Wegweiser für die Zugvögel.

Aber um in die Stadt zurückzukehren, die als Überlebende mancher Katastrophe so unerschütterlich ihre Ewigkeit kundtut: Rom ist kein Ort für Selbstverleugnung oder Bescheidenheit. Wenn in seiner Geschichte Beispiele für diese Tugenden auftauchen, ist es doch immer die Art von Bescheidenheit, mit der man sich brüsten kann, oder die Art von Selbstverleugnung, bei der ein leerer Raum beredter ist als ein voller.

Die großen Maler fanden manchmal auf ihren Leinwänden kleine Fleckchen für sich oder einander, wo sie dann scheu durch die Lücke in einer Hecke von Bischöfen lugen. Aber es ist nichts Mehrdeutiges an der Anwesenheit dieses oder jenes Papstes, dieses oder jenes Königs oder Kaisers, in der Mitte der Bühne. Oft ähnelt sogar Gottvater jemandem, den man hätte kennen können. Was aber Jesus angeht, ist sein Bild praktisch ein Klischee – als würde ein allzu charaktervolles Gesicht die Verehrung auf irgendeine Weise auf das Niveau des Alltäglichen herunterziehen und ein gewisses Maß an Respektlosigkeit implizieren.

Aber Gemälde, so schmeichelhaft, so unterwürfig sie auch gestaltet sein mögen, erreichen doch niemals das Maß an Selbstglorifizierung, das einer Statue innewohnt. Wohlgemerkt, die wirklich herausragenden gingen über bloße Säulen und Verdienste preisende Bögen hinaus. Aber sie waren nie so persönlich wie Säulen; es waren Aufzählungen von Leistungen nach Art einer Einkaufsliste und zugleich reliefförmige Dramatisierungen der Höhepunkte eines Lebens, das dem Elend und der Drangsal anderer gewidmet war – und alles mit den Augen eines Bildhauers gesehen, der für seine Voreingenommenheit bezahlt wurde. Die romantische Bewegung in Dichtung und Malerei benutzte als erste Verfall und Auflösung als Elemente der Schönheit. Und die Nebenstraßen des alten Rom wecken Erinnerungen an zerborstene Träume und Mannesleben, an Prahlerei, Aufgeblasenheit und jähes Ende.

Im Geruch des Märtyrertums und im flutenden Regen der himmlischen Wahrheiten liegt der säuerliche Nachgeschmack des Käuflichen und Schmutzigen der menschlichen Natur. Rom ist eine rücksichtslos menschliche Stadt, die sich auf allen Ebenen sterblichen Treibens vom Frommen bis zum Profanen gleichzeitig betätigt.

Aber die Zeiten haben sich geändert. Zu viele Autos parken in schmalen Straßen, Roller und Motorräder verstopfen jede Lücke, und oft blockiert ein dritter Wagen die Durchfahrt komplett und in alle Richtungen. Dieser dritte Wagen befestigt gelbe Radklammern an den erstarrten Massen anderer Fahrzeuge.

Natürlich wird dabei ökonomisch verfahren; es ist nicht nötig, die Autos, die dem Randstein am nächsten stehen, mit diesen Krallen zu versehen. Die, die als erste da waren und vielleicht sogar ein Recht hatten, hier zu stehen, können sich ohnedies nicht mehr von der Stelle rühren. Um die Verstopfungen zu mildern, werden immer mehr Fahrzeuge von ihrem Ziel weit abgeleitet, und zwar durch eine ungewöhnlich große Zahl von Polizisten zu Fuß, auf Motorrädern, in Autos und hoch zu Roß, die Chaos in Durcheinander und umgekehrt verwandeln, was Geduld und Fassungsvermögen aller Beteiligten in ungeheurem Maße strapaziert.

Die kurzlebigen Stimmungen des Forums sind immer noch da, aber es gibt keine Riesen mehr in der geronnenen Masse von Menschlichkeit, aus der eine moderne Stadt besteht.

Es gibt einfach zu viele Menschen, als daß sie noch leben könnten, ohne gewissen Regeln zu gehorchen – einige davon sind nötig, einige idiotisch, die meisten beides. Anstelle der Vorliebe für Säulen tritt die Freude an Bankkonten, und man bevorzugt die Fassade demokratischer Vieldeutigkeit vor allen opulenten Formen des Ruhmes, die ohnehin nur die Aufmerksamkeit der städtischen Finanzämter auf sich ziehen.

Auch Rom bei Nacht hat sämtliche Spuren des *dolce vita* verloren; die schlafende Stadt ist erfüllt von gewaltigen Heerscharen herrenloser Katzen. Sieben davon saßen neulich nachts in Reih und Glied an einer Bushaltestelle. Sie sahen aus, als warteten sie auf einen Bus, der aber erst wieder um sechs Uhr in der Frühe fahren würde.

Im Kolosseum ist es still bis auf das Raunen liebeskranker Kater. Tagsüber liegen sie schläfrig auf den Ruinen, lecken sich die Wunden der Nacht und hüten ihre Geheimnisse.

Nicht nur die Menschen, sondern auch die Löwen der Arena, gezähmt durch die Strapazen des Überlebens in einer reglementierten modernen Welt, mußten ihre Ambitionen und ihr Entgelt schrumpfen sehen. Reste aus den Mülltonnen ersetzen nun die Ausweise der Christen – die goldenen Statuen.

3. Dezember 1992

»Sic Transit«

ZUGZWANG DER EVOLUTION

In Anbetracht der Belastungen, denen wir unterworfen sind, ist es doch bemerkenswert, daß wir unsere mittelalterlichen Vorfahren in der Regel überleben. Sie hätten gar nicht gewußt, was sie mit dem Wort »Belastung« anfangen sollten, außer man verwandte es in Zusammenhang mit Schiffbau, Architektur oder Weberei. Man bedenke die Grenzen ihrer Erfahrungen. Für sie wie für uns war die Sonne das hellste Licht, aber nach diesem natürlichen Phänomen gab es nichts Helleres als ein Herdfeuer, ein Kohlenbecken und schließlich eine Kerze.

Der Arbeitstag muß beträchtlich viel kürzer gewesen sein, und die einzige Anstrengung für das Auge bestand in dem Versuch, bei flackerndem Kerzenschein zu arbeiten. Eine Meile in acht Minuten zurückzulegen, das hätte man höchstens in den wildesten Träumen in Erwägung gezogen, zumal wenn man barfuß oder in spitzen Pantoffeln rennen mußte, und Spaß und Spiele beschränkten sich auf Maibäume für die Armen und Turniere für die Reichen.

Hätte man einem mittelalterlichen Menschen ein Auto als Transportmittel angeboten, so wäre er zunächst wohl in Panik geraten; aber eine waghalsige Natur hätte das Gefährt womöglich auf dreißig Stundenkilometer beschleunigt, bevor sie dann gegen irgendein Hindernis gekracht wäre, da ihre Reflexe selbst nach zahlreichen Übungsstunden völlig außerstande gewesen sein dürften, mit den neuen Grenzen des Möglichen zurechtzukommen. Beim Erreichen der gesetzlich zugelassenem Höchstgeschwindigkeit wäre der Crash lediglich früher passiert.

Das schnellste, was der mittelalterliche Mensch vermutlich je hätte sehen können, wäre eine Pfeilsalve gewesen, vielleicht auch ein Komet in der Nacht – aber der war so unwirklich, daß er lediglich als Dekoration wirkte. Im Reich des Lärms gab es Donner und die Bläser in der Kirche, aber nichts, was der totalen Abwesenheit von Stille gleichgekommen wäre, unter der wir heute zu leiden haben. Die Sirenen der Feuerwehr- und Polizeiautos mit ihren bösen Kadenzen hätten in den mittelalterlichen Herzen panisches Entsetzen ausgelöst, und was den brutalen Angriff auf alle Nerven angeht, der von manchen Diskotheken verübt wird, in denen die Lautstärke noch von einer psychedelischen Beleuchtung ergänzt wird, jener stammelnden, stotternden Mißhandlung unserer Sehnerven, so hätte der arme Klosterbruder von damals sich vor der Zeit in der Hölle vermutet – in einer Hölle, die nicht einmal von Dantes Phantasie erreicht worden war.

Auch das Fernsehen hätte er als schmerzhaft empfunden; die Folge der Bilder wäre für sein Fassungsvermögen viel zu rasant gewesen. Sein Auge war auf statische, religiöse Bilder eingestellt gewesen, möglicherweise noch auf respektlose Statuen hoch oben auf Kirchtürmen, die wohlbekannte Kirchengestalten als wasserspeiende Fratzen darstellten. Solche Gegenstände erlauben dem ruhigen Betrachter, das Auge auf ihnen verharren zu lassen.

Sein Blick wanderte in der ihm eigenen Geschwindigkeit über verborgene Details und wurde nicht von einer irrwitzigen Montage von Abstraktionen in die unfreiwillige Kapitulation geprügelt. Anders gesagt, wir nehmen wahrscheinlich jeden Tag mehr Bilder in uns auf, als unser Vorfahr in einem Jahr hätte bewältigen können; die meisten davon aber lungern schlecht verdaut in unserm Hinterkopf herum und tauchen nur hin und wieder als Quälgeister aus dem Unbewußtsein wieder auf, stets auf der hoffnungslosen Suche nach Interpretation.

Kein Zweifel, unser Körper und unsere Sinne werden auf eine Weise malträtiert, die vor sechshundert Jahren niemand hätte ertragen können. Und dennoch ergaben die Menschen sich sehr viel bereitwilliger als wir heute allerlei Ansteckung und ungesundem Lebenswandel. Vielleicht nahm man aus diesem Grunde den Tod als notwendiges Beiwerk des Lebens wahr, und die Idee von Himmel und Hölle, an die man hingebungsvoll glaubte, verlieh dem Leben eine gewisse Moralität und machte den Tod zu einer Unausweichlichkeit, die eher früher als später eintraf.

Homöopathische Medizin und Kräuterheilkunde waren der konventionellen Medizin bereits weit voraus, aber es gab sicher die Neigung zu Fatalismus, der die düstere Hinnahme des Schlimmsten zu allen Zeiten beförderte. Anscheinend hat es nie die beinahe hysterische Flucht vor dem Tod gegeben, wie man sie heute erleben kann, sowohl in der traurigen Tapferkeit derer, die durch AIDS dem Untergang geweiht sind, wie auch in den Kämpfen brillanter Chirurgen bei der Verpflanzung von immer weiteren unglaublichen Organen in die Körper gerade noch Lebender.

Natürlich spricht dies alles in höchst vorteilhafter Weise für die Elastizität und den Erfindungsreichtum des menschlichen Tiers. In seiner zeitgenössischen Gestalt ist dieses Tier nicht bereit, die Resignation früherer Zeiten zu akzeptieren, und es macht Überstunden, wenn es darum geht, die unversöhnlichen Gesetze der Natur außer Kraft zu setzen. Man kann nicht sagen, ob und wann diese Neigung ein Ende finden wird. Gewiß haben die zunehmenden Aktivitäten heutiger Zeit die Jugend weit bis in das hinein verlängert, was man früher für die mittleren Jahre zu halten pflegte, und die mittleren Jahre reichen inzwischen tief in diejenigen hinein, die wir immer als die letzten Jahre des Lebens betrachtet haben.

Körperertüchtigung, die freiwillige Erschöpfung des menschlichen Organismus, hat ihren Grund zum Teil in der Geschwindigkeit des Lebens, in der Notwendigkeit blitzschneller Reaktionen in vielen Bereichen des Daseins. Die neue Diät- und Fitnessbesessenheit, die in mancherlei Weise ihren Ausdruck findet, von der *cuisine minceur* bis zum Jogging und jenen Orgien des Hüpfens und Zappelns, die sich des typischen, pseudowissenschaftlichen Namens »Aerobics« erfreut, ist ein triftiges Abbild dessen, was uns heute beschäftigt.

Und was liegt noch vor uns? Bestimmte, handverlesene Individuen sind bereits mit den Herausforderungen der Schwerelosigkeit bekanntgemacht worden, und dies könnte irgendwann auch zu einer allgemeineren Erfordernis werden, wenn die Bewohner der Erde den Planeten verlassen und sich auf die Suche nach jungfräulichen Wahrheiten begeben.

Viele Leser werden sich noch lebhaft daran erinnern, wie Roger Bannister die Meile zum erstenmal in weniger als vier Minuten lief. Heutzutage gelingt dies zuweilen Läufern, die sich nicht für die Olympiade qualifizieren können; sogar die kürzeste Distanz, die Hundert-Meter-Strecke, wird ständig mit neuen Rekorden attackiert, und Bubka springt Zoll für Zoll höher und immer höher, was wiederum den Ehrgeiz eifriger Jugendlicher anregt, die jetzt noch zur Schule gehen.

Das alles sind Merkmale menschlicher Evolution, wie auch die Entwicklung von Sportgeräten und anderen wissenschaftlichen Hilfsmitteln, die das Unglaubliche möglich machen. Und doch muß die Geschwindigkeit menschlicher Reaktion ihre Grenze haben. Es liegt eine wunderbare Ironie darin, daß Geschwindigkeiten in der Stratosphäre derart hoch sein können, daß die totale Bewegungslosigkeit einsetzt, was die Astronauten in den Stand versetzt, ins All hinauszuklettern und verhedderte Drähte zu entwirren. Weniger weit weg von daheim liegt die Reaktionsgeschwindigkeit eines Kampffliegers ein bißchen dichter an den derzeitigen Ausläufern des Möglichen. Die Unfälle von Formationsfliegern und einzelnen Kriegsflugzeugen legen nahe: Die Grenze zwischen Wagemut und Tollkühnheit ist zur Zeit allzu unbestimmt, um es darauf ankommen zu lassen. Die Menschen stehen unter einem enormen Druck. Nicht nur durch die atemberaubende Beschleunigung der technischen Entwicklung, sondern auch durch eine stärker werdende nostalgische Sehnsucht nach einer Vergangenheit, die so klar, so natürlich und so sorgenfrei erscheint.

Aber ist sie das auch? Wie hätte es Ihnen gefallen, im 12. Jahrhundert Zahnschmerzen zu haben? Der Zahnarzt kam stets mit einem Trommler, der die Schreie des Patienten übertönen sollte. Da haben die Zeiten, in denen wir leben, doch eine Menge für sich, zumal der Besuch von Diskotheken keine Pflicht ist.

17. Dezember 1992

Mönch im Mittelalter beim Illuminieren eines Buchstabens.

ODE AN DAS REISEN

Ah, die Freuden des modernen Reisens in einer Jahreszeit der guten Absichten! Silberlametta in vielen Flugzeugen erinnern bereits daran, daß die Sternsinger ihre Instrumente stimmen und der Weihnachtsmann für seinen gleichzeitigen Abstieg durch so viele Kamine bereits das Luftanhalten übt.

Die Girlanden zittern in jedem kleinen Luftloch, eine zarte Erinnerung an die Fehlbarkeit des Menschen und die Vergänglichkeit seiner Institutionen. Der Wink wird zur Kenntnis genommen. Gerade erst hatte ich einen relativ unkomplizierten Flug von Frankfurt nach Newcastle gebucht, mit kurzem Zwischenaufenthalt in Amsterdam. Auf dem Papier sah das alles sehr behaglich aus: Abflug um siebzehn Uhr zwanzig, Ankunft in Newcastle genau zwei Stunden Ortszeit später, ein entspanntes Abendessen nach der kurzen Autofahrt nach Durham und hinreichender Nachtschlaf vor der Examenszeremonie an der Universität am nächsten Morgen. So brach ich voller Optimismus auf. Der Komfort der Lufthansa-Maschine wiegte mich in einem Gefühl heiterer Gelassenheit, das nur leicht beeinträchtigt wurde durch die lange Zeit, die wir auf dem Vorfeld verbrachten, wo wir entweder auf die Freigabe durch den Tower oder auf die Ankunft verspäteter Passagiere warteten. Mit einer Verspätung von nur zwanzig Minuten hätte es ein bißchen hysterisch gewirkt, sich nach den Gründen zu erkundigen. Statt dessen schaute ich häufig auf meine Armbanduhr und wurde dafür mit einem Rentier aus Parzipan belohnt wie ein Kind, das immer wieder sein Spielzeug aus dem Kinderwagen wirft. Der Flug selbst verlief normal, und nach den üblichen Mäandern im überfüllten Luftraum über den Vororten der Stadt landeten wir in Amsterdam. In Amsterdam stellte ich fest, daß ich einen weiten Weg durch endlose Korridore zurücklegen mußte, um zu dem Gate zu gelangen, an dem die britische Maschine freundlicherweise auf mein Eintreffen wartete.

Indessen hatte man mich in Frankfurt gewarnt, daß man außerstande sei, mir einen *Boarding Pass* für einen so exotischen Ort wie Newcastle auszustellen, und daß ich mir daher in Amsterdam einen besorgen müsse. Ich fand einen Informationsschalter und zahlreiche aufgeregte Passagiere, die vor den beiden diensthabenden jungen Damen Schlange standen. Ich entschied mich für die kürzere Schlange, was unter solchen Umständen oft ein Fehler ist, da es sich bei dem Reisenden, der es tatsächlich geschafft hat, bis an den Schalter vorzudringen, häufig um eine verschleierte Dame handelt, die ausschließlich eine lokal auftretende Mundart spricht, aber wissen will, wie sie mit einem in Bahrain ausgestellten und gestern abgelaufenen Ticket nach Mogadischu kommt.

Als ich schließlich den ersten Platz in der Schlange erreicht hatte, befragte das große blonde Mädchen seinen Computer, der ein oder zweimal geschlagen werden mußte, bevor er sein Geheimnis ausspuckte, und teilte mir dann mit, daß das britische Flugzeug bereits gestartet sei, daß es keinen weiteren Flug nach Newcastle mehr gebe und daß ich ohnehin am falschen Schalter sei. Und sie ermunterte mich, doch zu einem anderen zu gehen, an dem ich bereits eine lange Schlange erkennen konnte.

Von allen Flughäfen ist Amsterdam derjenige, der die jahreszeitlich bedingte Gutwilligkeit auf die härteste Probe stellt. Als ich an dem neuen Schalter endlich an der Reihe war, bestätigte mir die kleine asiatische Lady, daß meine britische Maschine bereits abgeflogen sei, und fragte dann, auf welchem Wege ich Amsterdam erreicht hätte. Ich sagte, ich sei mit der Lufthansa gekommen. Sie mußte sich ihrer Handtasche zuwenden, die an einer Stuhllehne hing, um ein Bündel Papiere herauszunehmen, das anscheinend lebenswichtige Telefonnummern enthielt. Mit einiger Mühe fand sie, was sie suchte, und wählte eine Nummer. Beim dritten Versuch bekam sie eine Verbindung, und als sie wieder auflegte, schaute sie mich anklagend an und erklärte, seit einer Stunde sei hier keine SAS-Maschine gelandet. Ich sagte, ich sei ja auch mit der Lufthansa gekommen. Sie zeigte sich leicht verärgert und befragte ausführlich ihre Papiere. Nachdem sie das Gesuchte gefunden hatte, versuchte sie wiederum eine Ewigkeit lang zu telefonieren, bevor sie den Hörer endgültig auflegte und mir mitteilte, daß die Lufthansa-Angestellten nach Hause gegangen seien.

»Kann ich ihnen nicht verdenken«, sagte ich. »Auf alle Fälle sind sie dafür verantwortlich«, erklärte sie.

Allmählich sträubten sich meine Nackenhaare. »Es ist mir schnuppe, wer dafür verantwortlich ist. Ich will nach Newcastle!« rief ich ziemlich energisch.

»Wohin?« fragte sie ungläubig, und ihr Gesicht knüllte sich angestrengt zusammen.

»Nach Newcastle«, wiederholte ich wild.

Sie konsultierte ihren Computer. »Ist das in Europa?« erkundigte sie sich schließlich.

»Oder nach Teesside, wenn Sie Newcastle nicht schaffen«, flehte ich.

Ihr Gesicht hellte sich plötzlich auf. »New Castle«, verkündete sie in zwei Worten und fuhr dann fort: »Die Maschine hat Verspätung. Sie steht noch am Gate, und wenn Sie rennen ... aber Sie brauchen dafür eine Bordkarte, und die kann ich Ihnen nicht ausstellen. Sie müssen dort drüben hin.« Und sie zeigte auf den Schalter, von dem ich gekommen war und vor dem, wie immer, eine lange Schlange vor jeder der beiden Damen wartete.

Ich rannte ohne Bordkarte zum Gate – eine rein akademische Geste, denn von einem Flugzeug war keine Spur, und das Gate war offensichtlich seit langem dunkel.

Am nächsten Gate aber stand eine abflugbereite Maschine der British Midland. Ich appellierte an ihre Barmherzigkeit. Der Flug ging nach Glasgow, und ich sah mich schon, wie ich erschöpft auf dem Rücksitz eines Mietwagens saß und mich nach Durham bringen ließ und wie ich mit versagenden Kräften versuchte, den jovialen Dialekt des Fahrers zu ergründen.

Die British-Midland-Vertreterin riß mich aus meinen Träumen und sagte, sie hätten noch ein anderes Flugzeug an einem anderen, fernen Gate, das gleich nach London abfliegen werde. Wenn ich mich beeilte ... Sie waren wundervoll und besorgten mir einen Anschlußflug von London nach Newcastle mit einer anderen britischen Gesellschaft, und dann eskortierten sie mich fürsorglich in die Maschine nach London. Ich betrat sie taumelnd und mit dem schuldbewußten Gefühl, daß ich alle anderen aufgehalten hatte.

Das hätte ich mir sparen können, denn wir warteten noch auf einen oder zwei andere. Dieser Umstand sowie die Warteschleifen über London führten dazu, daß mein Anschlußflug nach Newcastle dahin war, als wir in Heathrow landeten, und die andere britische Gesellschaft erwies sich als ebensowenig hilfsbereit, wie die Leute von British Midlands wunderbar gewesen waren; nachdem sie in Amsterdam einen Blick auf mich geworfen hatten, hielten sie in London einen Rollstuhl für mich bereit und transportierten mich mit Lichtgeschwindigkeit zu ihrer letzten Maschine nach Teesside, die sie meinetwegen hatten warten lassen. Die Reise nach Durham dauerte ungefähr so lange wie eine Reise nach New York, nur mein Gepäck hatte weniger Glück. Ich bekam es am nächsten Tag nach dem Mittagessen zurück. Festgehalten hatte es nicht der Zoll, sondern die Polizei, in deren Augen es unbegleitet und daher verdächtig gewesen war.

Ich wies darauf hin, daß mein Name nicht mit U Apostroph geschrieben werde und daß ich angesichts meines Flugplans und dank Amsterdam rein physikalisch gesehen keine Zeit hätte, um Gelegenheitsarbeiten für die IRA zu übernehmen. Unter dem beeindruckenden mittelalterlichen Talar, den ich trug, um Sir Leonard Brittan seinen Doktor *honoris causa* zu verleihen, verweilte noch das Hemd von gestern, aber ich schmeichle mir, daß ich mich benommen habe, als wäre es frisch.

Jetzt bin ich wirklich in New York, und zwar nach einem völlig ereignislosen Flug, auf dem ich sehr viel schlafen konnte. Deshalb bin ich jetzt hellwach, um vier Uhr früh. Wenn ich aus meinem hohen Fenster schaue, sehe ich die Weihnachtsdekoration in den Geschäften. Möge Friede und guter Wille alle Bereiche des Lebens durchdringen, alle Warteschleifen am Himmel und besonders alle sogenannten Informationsschalter am Flughafen Schiphol, Amsterdam.

23. Dezember 1992

SKLAVE DES KÖNIGLICHEN MAULKORBS

In einer warmherzigen Geste der Bewunderung und der europäischen Solidarität ernannte die Französische Akademie der Politischen und Moralischen Wissenschaften Prinz Charles zum assoziierten Mitglied für seine Arbeit als Mann des ausgehenden 20. Jahrhunderts und als engagierter Europäer.

Und das bleibt er auch, der neuesten Bombe, dem betrüblichen Scheitern seiner Ehe, zum Trotz, und trotz der Tatsache auch, daß es nach Ansicht mancher Leute nichts mehr gibt, was die königliche Familie noch richtig machen kann.

Einem Bericht in der *Times* zufolge eröffnete der Prinz seine Jungfernrede in defensivem Ton; man habe ihm warnend eingeschärft, ja nicht von den GATT-Verhandlungen zu sprechen, nicht von Maastricht und nicht von Schafen. Sodann tat er es, wenn auch indirekt, zur Verblüffung der Parlamentsabgeordneten zu beiden Seiten der politischen Trennungslinie. Ich gratuliere ihm. Vor einiger Zeit habe ich geschrieben, er erleide das schlimmste denkbare Schicksal in seiner endlos unentschiedenen Position – denn er besitze eine scharfe Intelligenz und sei begabt.

Zunächst einmal, wer waren wohl die Leute, die ihm vorgeschrieben haben, was er sagen darf und was nicht? In Zeiten der absoluten Monarchie – nicht jener verdünnten Form, wie sie heute praktiziert wird – hätten solche Leute wahrscheinlich ein unangenehmes Ende genommen.

Peter der Große, auch ein begabter Mann, der seinen Talenten freien Lauf ließ, hätte solche Berater zweifellos mit ihren eigenen Bärten erwürgt. Er stellte in eigenen Werkstätten Navigationsinstrumente her, fand als Arbeiter verkleidet eine Stelle in einer holländischen Werft und war oft monatelang fern von seinem Reich, während er Berufe erlernte, die ihn faszinierten. Niemand wagte ihm zu sagen, wovon er zu seinen Mitmenschen sprechen durfte und wovon nicht. Selbst Ludwig XVI., der mildeste aller Könige, konnte in der Stille seines Palastes nach Herzenslust Uhren bauen und reparieren, wobei er, der arme, irregeleitete Monarch, sogar Dr. Guillotin, dem Vater der Guillotine, technische Ratschläge gab und vorschlug, die ursprünglich gerade Klinge schräg zu machen, weil sie dann besser schneide.

Über seinen letzten Gedanken ist nichts verzeichnet, aber vielleicht dachte er: »Es funktioniert!«

Friedrich der Große schrieb unzählige Werke für Kammerorchester und Flöte. Nie hat man etwas Undiplomatisches in ihnen entdecken können. Keine Spur von einer antiösterreichischen Note.

Aber zurück zu unseren wirrköpfigen Zeiten, hin und hergerissen zwischen den Erinnerungen an das, was die Monarchie einst bedeutete, und der Formlosigkeit unseres eigenen Zeitalters. Man gestattet Prinz Charles, sich mit ein paar angenehm altmodischen Aquarellbildern zu beschäftigen, Bildern von pastoralen Landschaften, die ihm vertraut sind. Sie werden sogar öffentlich ausgestellt.

Und doch hat man das Gefühl, wenn er anfinge, Slums zu malen oder auf dem Gehweg schlafende Obdachlose oder auch nur architektonische Detailskizzen, dann würden sehr bald mysteriöse Autoritäten mit ihrer Liste unmalbarer Gegenstände auftauchen. Man würde ihm warnend abraten, bestürzende oder illoyale Bilder etwa von der französischen Botschaft, dem französischen Ende des Kanaltunnels oder anderen, die Gemüter erregenden Angelegenheiten zu Papier zu bringen.

Falls man meinen impliziten Vorwurf des antifranzösischen Ressentiments für übertrieben hält, darf ich vielleicht für einen Augenblick noch einmal zu jener zuverlässigen Zeitung, der *Times*, zurückkehren. Ein Artikel zum Thema beginnt dort wie folgt: »Unter Mißachtung der offiziellen Linie seiner Regierung und der tiefwurzelnden Empfindungen seiner Landsleute bot der Prince of Wales gestern seine philosophische Unterstützung den französischen Bauern an. Er sprach in Paris, umgeben von Franzosen, und nahm eine französische Ehrung entgegen.« Und, Grauen über Grauen, später heißt es in dem Artikel noch, er habe fließend, wenn auch mit leichtem Akzent, Französisch gesprochen.

Der »leichte Akzent« ist der mildernde Umstand. Ohne ihn wäre das Gefühl des Verrats überwältigend gewesen – ohne ihn und die Tatsache, daß die vom Prinzen angebotene Unterstützung philosophisch und nie auch nur einen Augenblick lang polemisch war.

Wie immer sprach er von Werten und den praktisch lustvollen Empfindungen, die die Franzosen ihrer Landwirtschaft entgegenbringen – naheliegender Begleitumstand zu ihrem Sinn für die Freuden der Tafel und die unendlichen Feinheiten des Gaumens.

Amerikanische und sogar britische Bauern mögen gelegentlich ganz genauso leidenschaftlich sein, aber niemals aus den zutiefst persönlichen Gründen der Franzosen. Nicht nur die Franzosen, sondern die ganze zivilisierte Welt würde unwiderruflich verarmen, sollten diese Werte unter den Attacken von Statistikern und Großhändlern verschwinden. Daß der Prinz ein Gespür für diese Situation hat, spricht sehr für seine Reife und Kultur und beweist, daß er der Akademie für Politische und Moralische Wissenschaften würdig ist – eine ganz unzeitgemäße Ehrung, die eher von Idealen als von Realität kündet.

Es ist eine Erleichterung zu wissen, daß der Prinz in einem ersten Schritt zur totalen Emanzipation von nun an frei aussprechen kann, was er denkt, auf Französisch mit leichtem Akzent, unter der Kuppel dort. Und was er an diesem Zufluchtsort sagt, geht weder die Regierung etwas an noch die Parlamentarier auf beiden Seiten des politischen Zauns, noch übrigens auch die tiefwurzelnden Empfindungen der Bevölkerung, deren Existenz nie bewiesen wurde.

In diesem Zusammenhang sollte man noch wissen: die National Farmers' Union in Großbritannien hat beträchtliches Verständnis für die Befürchtungen der französischen Bauern im Blick auf die Auswirkungen der GATT-Regelungen zum Ausdruck gebracht und darüber hinaus von ihren eigenen Sorgen hinsichtlich der Folgen der britischen Landwirtschaftspolitik für die Beschaffenheit des ländlichen Lebens gesprochen. Das Streben nach Demokratie ist heute unerbittlich. Infolgedessen unternimmt man auch Versuche, die Demokratie denjenigen, die keine Erfahrungen damit und noch kein Gefühl dafür haben, gewaltsam in den Schlund zu stoßen. Ist es nicht ein Widerspruch, daß es in solchen Zeiten immer noch zu einem gewissen Grade Sklaverei gibt, nicht nur unter den extrem Armen, sondern auch an höchster Stelle? Armut ist definiert als eine Form der Sklaverei, aber unter gewissen Umständen gilt das auch für Stellung und öffentliches Ansehen. Was den Prinzen von Wales angeht, so ist für ihn die historische Zeit gekommen, die Freiheit zu genießen, die das Geburtsrecht eines jeden Individuums ist.

Falls man mir entgegenhält, historische Präzedenzfälle, die bis in die Morgendämmerung der konstitutionellen Monarchie zurückreichen, machten es schwierig, die offenkundigen Anomalien des Königtums so übereilt abzustreifen, möchte ich darauf hinweisen: Dieser Muff stammt zum größten Teil aus der Zeit Königin Victorias und ihrem festen Entschluß zur Freudlosigkeit.

Vor ihr haben Sprößlinge wie der Prinzregent für ihre Freiheiten gesorgt. Aber Königin Victoria regierte so lange, daß jegliche Vorstellung von dem, was man tut und was man nicht tut, so unverrückbar wurde wie die Regeln eines Spiels und bis heute kaum jemals in Frage gestellt wurde. Großbritannien sollte endlich seinen letzten Sklaven freilassen und nicht alles Europa überlassen.

31. Dezember 1992

»Der Prinz sprach fließend, wenn auch mit leichtem Akzent, Französisch.«
The Times

TUGEND UND LASTER

Ich finde es logisch, im Winter Ferien zu machen. Der Sommer ist meistens eine wunderbare Gelegenheit, das eigene Heim wiederzuentdecken. Alle anderen sind weg und kämpfen an irgendeinem fernen Strand oder auf einem Aussichtspunkt in der Landschaft um die besten Plätze, und, was noch wichtiger ist, sie denken alle, man mache das gleiche wie sie.

Das Telefon verbreitet selige Stille, und sogar das Faxgerät spuckt nur widerwillig seine Nachrichten aus. Im Winter denken alle, man müsse sich in nördlichem Düster abrackern. Das Telefon klingelt mit der Beharrlichkeit eines kläffenden Wachhundes, und die Boa constrictor der Faxnachrichten versperrt einem das Zimmer, wenn man zurückkommt, wobei ein rettender Umstand nur darin besteht, daß der Maschine in der Abwesenheit des Besitzers irgendwann das Papier ausgeht.

Die Heimat zu verlassen, wenn die Sichtweite praktisch gleich Null ist, sich über die Wolken in eine Schicht der Erdatmosphäre zu erheben, die mit einem fast permanenten Sonnenschein gesegnet ist, gibt einem einen Vorgeschmack auf den jähen Schock, der einen viele Stunden später erwartet, wenn man hinaustritt in die intensive Hitze der Tropen, immer noch bekleidet mit Jackett und Krawatte, wie es sich für andere Gegenden der Welt gehört.

In solcher Kleidung tritt man dem Zoll entgegen. Der asiatischen Welt gemäß fehlt die Neigung zum Lächeln als Zeichen buddhistischer Fassung und Heiterkeit niemals, aber es kommt doch vor, daß das Lächeln eher rätselhaft als offen anmutet, zum Beispiel wenn man von einem Beamten eingeladen wird, ein Büro zu betreten, nur damit ihm ein vorgesetzter Beamter dann mit überaus herrischer Geste zu verstehen geben kann, daß die Anwesenheit deiner Ausweisdokumente, nicht aber die deiner Person vonnöten sei. Der untergebene Beamte lädt dich auf der Stelle ein, wieder zu verschwinden; das Lächeln auf seinem Gesicht ist festgefroren und ausdruckslos.

All dies erinnert an die unerbittlichen Hierarchien, die außerhalb des Hotels existieren und die ein Ausländer als Phänomen studieren darf, aber nicht zu eingehend, wenn er möchte, daß ihm seine Ferien ein bißchen guttun.

Thailand ist ein Ort vielfältiger Attraktionen und eines gründlichen Tempowechsels. Oberflächlich betrachtet von endloser Toleranz, ist es ein Mekka für die Sexbesessenen jeglicher Couleur. Es ist nichts Außergewöhnliches, hier einem verbitterten europäischen Millionär mit unzähligen Eheproblemen zu begegnen, der hier für den Lebensabend ein thailändisches Teenagermädchen sucht, das tut, was er sagt, ohne vernünftige Fragen zu stellen, oder einem italienischen Gastronomen aus dem Norden Englands zu begegnen oder einem Mann, der einem mal in Stuttgart die Haare geschnitten hat, oder auch einem Modedesigner aus Rom – die man allesamt hier in ihrer wahren Gestalt sieht, in Gesellschaft einheimischer Jugendlicher, die in ihrer reinen, ungehemmten Aufgekratztheit ständig ohne besonderen Anlaß kichern.

Es ist nur natürlich, daß solche Freizügigkeit im Zeitalter

von AIDS Besorgnis weckt, und es ist sogar überraschend, wenn man die Starre der gesellschaftlichen Strukturen unter der Oberfläche bedenkt.

Die Sprache hier zum Beispiel ist extrem kompliziert; sie ist von einer einzigartigen Lautarmut, und infolgedessen verfügt jeder Laut über acht musikalische Möglichkeiten des Ausdrucks, die acht verschiedene Bedeutungen in sich tragen; das Chinesische hat davon nur vier. Auch sprechen Männer und Frauen unterschiedlich, ihrem Geschlecht entsprechend, nicht etwa bewogen durch das Geschlecht, das den in Rede stehenden Gegenständen entspricht. Diese unüberwindliche Barriere für das unmittelbare Verstehen ist kaum eine Hilfe beim Dekodieren einer Sozialstruktur voll ungeschriebener Gesetze und klagloser Akzeptanz.

Die Armee scheint ein eigenes Leben zu führen, mit eher politischen als rein militärischen Ambitionen oder zumindest einer brisanten Mischung aus beidem. Es ist noch lebendig in Erinnerung, daß ein Aufstand des Militärs durch das unglaubliche Einschreiten der Pfadfinder beendet wurde, die, ungeachtet aller Gefahren, die Verkehrsregelung und andere staatsbürgerliche Funktionen übernahmen und die Soldaten derart beschämten, daß diese ihre Ziele aufgaben.

Lord Baden Powell kann an eine solche Notsituation kaum gedacht haben, als er sein berühmtes Motto *Allzeit bereit* prägte. Aus neuerer Zeit erinnert man sich an einen tragischen Volksaufstand, den das Militär blutig niederschlug und der in jener außergewöhnlichen Friedenszeremonie mündete, bei welcher der König auf seinem Thron saß und die führenden Generäle und politischen Bosse ihm auf allen vieren entgegenkrochen.

Es übersteigt das eigene Fassungsvermögen ein wenig, in einem Lande zu sein, in dem die göttlichen Rechte des Königs immer noch als praktisches Maß fungieren, was um so außergewöhnlicher ist, als diese göttlichen Rechte im Besitz eines Monarchen von sehr unverstelltem Geiste sind, der diese Rechte niemals auch nur für einen Augenblick mißbraucht. Er ist Komponist klangvoller Musik, die zu festlichen Anlässen von Orchestern gespielt wird, aber er interessiert sich auch für die technischen Aspekte der Landwirtschaft, und seine Experimentalfarm stellt ihre Forscher in den Dienst der Bevölkerung. Sein gelehrtes, bebrilltes Gesicht erinnert unwillkürlich an König Baudouin von Belgien, der eine ähnliche Pflichtauffassung hat.

Bei einem solchen Vorbild an Königstugenden auf dem Thron und angesichts so beispielloser auf eine Person konzentrierter Macht spekuliert man natürlich über die Frage, wie es weitergehen wird, wenn er nicht mehr da ist. Wie in allen kontrollierten und zensierten Gesellschaften schießen die Gerüchte ins Kraut, und es gibt sehr unterschiedliche Ansichten über das, was sich schließlich ergeben wird.

Unausweichliche Tatsache aber ist, daß ein Individuum, ausgestattet mit so viel Macht, auch außergewöhnliche Charaktereigenschaften besitzen muß, die man nicht in allen Fällen gleich erkennt. Nero und Caligula bemühten sich beide ein bißchen zu angestrengt, sie zu entwickeln.

Einstweilen ist das Meerwasser durchsichtig und wellenlos, der Sand ist reiner Puder, und während man in köstlicher Schwerelosigkeit dahintreibt, in jener unübertrefflichen Geste der körperlichen Entspannung, spürt man die Anwesenheit der Sonne flammend rot durch die geschlossenen Augenlider. Diese absolute Trägheit könnte ewig andauern. Die Müdigkeit des Körpers und der Seele fällt von einem ab, und sogar das Atmen ist ein wiedergefundenes Vergnügen.

Letztes Jahr um diese Zeit wimmelte es im Hotel von Soldaten. Es waren viel zu viele, als daß sie einander nicht in die Quere gekommen wären. Anlaß war ein Staatsbesuch des Präsidenten von Laos, der an schwerer Diabetes leidet und auf dem Weg nach Bangkok war, um sich dort behandeln zu lassen. Man trug ihn auf die Aussichtsterrasse des Hotels, damit er die Schönheit der Bucht genießen konnte. Er war blind, aber er erklärte, mit der Aussicht sehr zufrieden zu sein. Vor zwei Monaten ist er gestorben. Heute ist kein Soldat in Sicht, nur Kellner von ausgesprochener Höflichkeit; mindestens einer von ihnen ist soeben von seiner alljährlichen Einkehr in ein buddhistisches Kloster zurückgekommen. Seine Ansichten sind sehr viel typischer und tiefgründiger als die der Soldaten, und seine Einsicht in den wesentlichen Sinn der thailändischen Werte ist von vornehmer Glaubwürdigkeit, vor allem nach dem Lächeln der Zollbeamten, das weder durch ihre Gesten noch den Ausdruck ihrer Augen bestätigt wurde.

Der Kellner hat entwickelt, womit er geboren wurde. Die Beamten kopieren nur andere.

7. Januar 1993

DIE GUTEN UND DIE BÖSEN

Die Fronten sind klar, und die Zusammensetzung der Armeen ist ersichtlich. Wie immer in der Geschichte gibt es die Guten und die Bösen, den hellen Stetson und den dunklen, Rüstungen, die beruhigen, und solche, die Angst einflößen, Banner mit Symbolen des Lebens und Banner mit Symbolen des Todes. Und wie immer in der Geschichte sind die Guten nicht durch und durch gut und die Bösen nicht durch und durch schlecht.

Zu viele erweisen sich als weder schwarz noch weiß, sondern grau, wenn die Opfer eines Konflikts begraben werden; während im Laufe der Zeit ein zweiter Grad von Vergeßlichkeit einsetzt, gewinnen die Sieger wunderbarerweise ihr unschuldiges Aussehen wieder, derweil die Besiegten in einem düsteren Bild der Schuld versinken. Aber das ist den Geschichtsbüchern vorbehalten und dient der Erbauung der Jugend, die das alles wieder neu durchleben muß, wenn sie erst alt genug ist, um es zu verstehen. Hoffentlich …

Die Guten von heute scheinen zu vermuten, daß die menschliche Rasse endlich ihre Pubertät erreicht haben muß, nach dem jahrhundertelangen, schmerzlichen Aufstieg zur Morgendämmerung der Intelligenz, dem großen Abenteuer des Hervorkommens aus unseren urzeitlichen Sümpfen, um auf zwei Beinen zu gehen, mit individuellem Verstand zu denken und mit vielen Zungen zu sprechen.

Die Welt füllt sich zum Bersten, und vielerorts droht es nur noch Stehplätze zu geben; sicher ist das ein Zeichen, wie man es sich klarer nicht wünschen kann, daß es an der Zeit ist, nicht mehr nur an sich selbst, sondern zwangsläufig auch an andere zu denken. Unser persönliches Überleben ist heute gleichbedeutend mit dem Überleben des Planeten. Wir können, wie es auf manchen Weltkonferenzen geschieht, aus Rücksicht auf empfindsame religiöse Erwägungen, die aus einer Zeit stammen, da die Welt noch jung und leer war, Diskussionen über die Bevölkerungsexplosion nicht länger ausklammern.

Kein Thema darf mehr tabu sein. Alles, von AIDS und den aufkeimenden Geißeln unserer übervölkerten Welt bis zur Motivlage von Mördern, ist Gegenstand notwendiger Erörterungen und Diskussionen. In einer Zeit, da die Werte sich unter dem Druck der Ereignisse wandeln, ist diese Notwendigkeit dringlich, und der Bedarf nach neuem Denken angesichts der herausfordernden Realitäten von heute und morgen liegt schmerzhaft klar auf der Hand. So viel zu den Guten und dem Heiligenschein der Aufklärung, der ihre Stetsons umgibt.

Und was ist mit den Bösen? Sie kommen in allerlei grotesker Gestalt vor: als somalische Warlords, die Außenseitern vorwerfen, sie könnten eine ländliche Unterwelt nicht verstehen, von der sie selbst nichts begriffen haben; als Chicagoer Gangsterbanden ohne Häuser und schwarze Limousinen; als serbische Bosse, die aussehen, als wüßten sie mit dem Fön ebenso geschickt umzugehen wie mit dem Granatenwerfer, und zwar dergestalt, daß sie den Unterschied gar nicht mehr erkennen. Das können ethnische Säuberungen aus einem Mann machen. Dann gibt es noch die ethnisch sauberen, die Skinheads, die nicht nur auf Haare, sondern gleich auch auf Gehirne verzichten, und die ihr Wohlbefinden darin finden, die Häuser der Lebenden anzuzünden und die Wohnungen der Toten zu schänden.

Bei solchem Zeitvertreib befinden sie sich in Gesellschaft so spaßverliebter Geschöpfe wie der Khmer Rouge und all jener, die glauben, Terrorismus ließe sich durch politische Anmaßungen adeln und die eine willkürlich gezündete Explosion unterscheide sich durchaus von der anderen. Daß bei beiden Unschuldige ums Leben kommen, ist ihnen gleichgültig; ihre Bombe war die gute.

Natürlich sind diese plötzlichen Gewaltkonvulsionen in vielen Teilen der Welt eine Reaktion auf die Neigung der Guten, die Kriegsbeile der Vergangenheit zu begraben und neue Regeln für das menschliche Verhalten zu finden, Regeln, die auf Ordnung und gegenseitiger Achtung basieren. Im Angesicht einer so alarmierenden Provokation muß das Chaos sich ein letztes Mal aufbäumen und seinem Machismo frönen. Und wir lenken die Aufmerksamkeit nur auf die militantesten Ausbrüche der Bösen, auf das Treiben ihrer Stoßtrupps. Hinter diesen Vorkommandos befindet sich der Hauptteil ihrer Armee, von hohen Grundsätzen geprägt, der Tradition verpflichtet, ebenso edel wie phantasielos und oft peinlich davon berührt, sich in Schlachten verwickelt zu sehen, die von den skrupelloseren Elementen ihres eigenen Denkens vom Zaun gebrochen wurden. Die Treue zu ererbten Werten und die fortgesetzte Anwendung aus der Mode gekommener Strukturen auf rasant sich ändernde Bedingungen sind die hervorstechenden Merkmale dieser Armee.

Ihre Angehörigen kennen oft mehr als eine Strophe der

Nationalhymne. Sie frequentieren die Treffen alter Kameraden, um auf der Suche nach den Tröstungen menschlicher Gesellschaft in die Vergangenheit abzutauchen. Sie sind freiwillig vor der Zeit alt, weil sie sich dann sicherer fühlen. Für sie ist die Welt so dicht vor der Vollendung, wie sie es nur je sein wird. Warum in ein potentielles Hornissennest stechen, indem man nach Verbesserungen sucht, die sich leicht als dem bereits Existierenden unterlegen erweisen könnten? Wie sie dementsprechend immer wiederholen: Das dumme ist, daß der Mensch nie mit seinem Los zufrieden ist. Und wo das Akzeptieren des Bestehenden auf der Tagesordnung steht, da sind die Worte Disziplin und Gehorsam nie weit weg, und auch nicht das Vorurteil.

Verglichen mit dieser allgemeinen Einstellung mag es leicht sein, wenn die Guten pharisäerhaft statt einfach nur fromm erscheinen. Die Buße für ein waches Bewußtsein ist die allgemeine Unzufriedenheit mit den Dingen, wie sie sind, und auf der Ebene der Beziehungen zwischen Brüdern und Schwestern verschiedenster Treueverpflichtungen und vielfältiger Glaubensrichtungen kann diese Haltung durchaus prätentiös erscheinen.

Gleichwohl müssen die Guten riskieren, diesen Eindruck hervorzurufen, wenn sie ihrer Überzeugung treu bleiben wollen, nicht alles sei vollkommen. Und sie haben ein paar Geheimwaffen in Arbeit. Ein Konzept beispielsweise, das zur Zeit sehr im Schwange ist, beschäftigt sich mit einer Internationalen Strafkammer. Multinationale Konzerne sind ein Phänomen unserer Tage, und ihre Autorität erstreckt sich auch über konventionell eingeschätzte Werte, etwa über die Beziehung zwischen nördlichem Wohlstand und südlicher

Armut. Daraus folgt: Auch das Verbrechen ist international geworden, so daß es bisher nicht besonders konsequent verfolgt werden kann. Die Schaffung von Interpol war von daher ein logischer Schritt, und jetzt warten wir geduldig auf eine internationale Justiz, auf ein international akzeptiertes Regelwerk, auf Grund dessen so abstoßende Taten wie die der »ethnischen Säuberung« oder der organisierten Vergewaltigung als Kriegswaffe auf der Stelle verurteilt und verfolgt werden können. Dem stehen die Bestrebungen der gemäßigt Bösen entgegen, eifersüchtig ihre Nationalparlamente, nationalen Gerichte und nationalen Armeen als höchste Autoritäten zu erhalten, und so liegt es auf der Hand, daß zeitraubende Absprachen zwischen Nationen getroffen werden müssen, wo gemeinsames Handeln dringend notwendig wäre. Solche Lösungen bieten zu viele Schlupflöcher für das organisierte Geschäft und das organisierte Verbrechen, um unkontrolliert funktionieren zu können.

Eine einheitliche Währung in Europa ist wünschenswert, schon aus dem Grund, damit die Spekulanten zu eliminieren, jene höchst beweglichen Profiteure, die ihren Gewinn aus den böig wechselnden Winden des Marktes ziehen. Aus dem gleichen Grund wird angesichts der globalen Beschaffenheit des Geschäfts, des normalen wie des kriminellen, ein Internationales Strafgericht unabdingbar.

Gleichermaßen global sind die Bedrohungen unserer Ökologie, die ihrerseits eher auf die Ignoranz des Menschen und seine Käuflichkeit zurückzuführen sind als auf seinen Erfindungsreichtum. Eine weltumspannende Umweltschutzbehörde ist also ebenfalls dringend nötig.

Mögen die Bösen nur ihr Schlimmstes tun. Und was die

andern betrifft: Habet Vertrauen, und lasset leuchten euren Stetson von innen.

14. Januar 1993

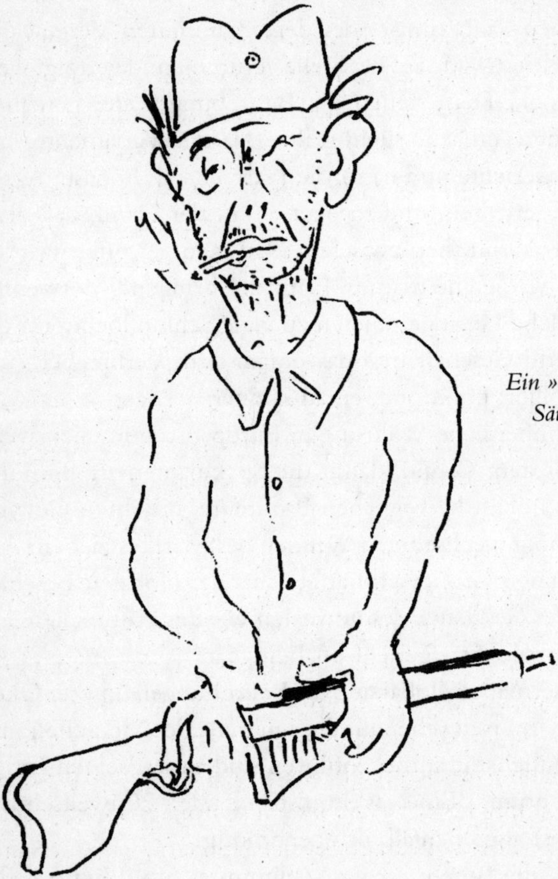

Ein »ethnischer Säuberer«

GEISTER LAUFEN WIEDER AMOK

Man hat es bang vorausgeahnt, dann erschrocken und schließlich von tiefem Abscheu erfüllt mitangesehen. Die fehlende Bereitschaft Europas, sich selbst dem unschuldigsten Anlaß gewachsen zu zeigen, ist ein Signal für die Geister des alten Kontinents, über die Stränge zu schlagen wie unbotmäßige Kinder in einem unbeaufsichtigten Klassenzimmer. Die historischen Augenblicke sind unbemerkt vorübergegangen, die Zeichen an der Wand blieben ungelesen.

Trotz seiner bekannten Vergangenheit hat Europa, dieser durch seinen Einfluß mächtigste aller Kontinente, es vorgezogen, beim illusorischen Glorienschein der Vergangenheit zu verharren, statt die einzigartigen Möglichkeiten zu erkennen, die sich präsentierten, als es buchstäblich neugeboren wurde.

Wir verlassen uns mehr auf unwillkürliche Reflexe, die wir aus einer kriegerischen Geschichte mitbringen, als auf unsere Intelligenz. Das ist nur noch tragisch. Wollen wir doch wenigstens in den stillen Gewässern einer Zeitungskolumne wagen, gewissen Wahrheiten ins Gesicht zu sehen.

Europa ist für die beiden größten Kriege der Weltgeschichte verantwortlich; beide kann man als gottlob gescheiterte Selbstmordversuche betrachten. Europa ist nicht nur für Hitler und Mussolini verantwortlich, sondern, was noch unglückseliger ist, für den Gehorsam, der diesen beiden Kreaturen so bereitwillig entgegengebracht wurde. Es ist, vor allem in Schulbüchern und anderen Quellen des Vorurteils, Mode geworden, den Ausbruch des Ersten Weltkriegs dem preußischen Militarismus zuzuschreiben.

Wer dies als nackte Tatsache glaubt, ignoriert den Umstand, daß der preußische Militarismus erst durch den französischen Militarismus zu höchster Effizienz angestachelt wurde, während nämlich jener andere Fall von hemmungsloser Eitelkeit, Napoleon, über das Antlitz Deutschlands hin und her marschierte und so die unabhängigen deutschen Kleinstaaten zwang, sich miteinander zu verbünden. Und Napoleon selbst wiederum erstand in den Nachwehen der Französischen Revolution, die die Geburt so hoher Ideale wie Freiheit, Gleichheit und Brüderlichkeit erlebte, aber auch Zeugin des unausweichlichen Verrats an ihnen wurde.

Und es gab, leider, noch einen weiteren Grund für den Ersten Weltkrieg, nämlich ganz einfach den, daß es keine unbekannten Welten mehr zu entdecken gab. Bis dahin hatten die europäischen Mächte ihre Streitigkeiten in entlegenen Gegenden ausgetragen, so daß zumindest der Kontinent von den Verwüstungen der Schlacht verschont blieb. Aber als das Kolonialabenteuer vorüber war, bestand die Perkussionsgruppe des europäischen Orchesters immer noch ausschließlich aus Säbelrasslern, die nun nicht mehr wußten, wohin.

Fairer wäre es daher, den beinahe nachlässigen Ausbruch der Feindseligkeiten dem gewohnheitsmäßigen Militarismus und dem damit einhergehenden Gepluster in allen Himmelsrichtungen zuzuschreiben – den serbischen Militarismus und eine Vorliebe für Komplotte in jener Weltgegend nicht zu vergessen.

Jetzt, nach den mühseligen Vorarbeiten Jean Monnets und anderer Apostel des gesunden Menschenverstands, ist Europa so weit, daß man ihm endlich eine eigene Identität zugute hält: ein reiches Amalgam der verschiedenen Identitäten, aus denen es besteht – und demzufolge nur desto reicher.

Das schwierigste – und etwas, das einmal undenkbar erschienen sein muß – ist bereits erledigt: die französisch-deutsche Annäherung, die unweigerlich das Mißtrauen der Briten wecken muß, genährt vom beruhigenden Luxus eines Gleichgewichts der Kräfte.

Aber plötzlich gibt es kein Gleichgewicht der Kräfte mehr. Ungeachtet dieses Details, schien alles bereit zum nächsten Schritt vorwärts, zur nächsten Demonstration des Mutes und der Phantasie.

Unglücklicherweise schlug eine Rezession genau in dem Augenblick zu, als wir darauf brannten, denen, die sich von jahrzehntelangen Diktaturen erholten, die Vorzüge einer freien Marktwirtschaft zu demonstrieren. Der Zeitpunkt hätte kaum schlechter gewählt sein können. Die Unordnung in unseren Reihen wurde ansteckend, und die Dänen brachten das Faß zum Überlaufen, indem sie gegen den Vertrag von Maastricht stimmten.

Dieser Akt ermutigte die rückschrittlichen Elemente in all unseren Gesellschaften, die geistigen Trost in den schlechten alten Zeiten der Selbstsucht und ihres kargen Lohns fanden. Von der Tatsache, daß die Iren Maastricht ihre Zustimmung gaben, nahm niemand Notiz. Man zitierte die knappe Zustimmung der Franzosen als Beispiel dafür, wie verworren Europas Absichten sind.

Dennoch sieht John Major die Vorteile deutlich, und er

demonstriert seine eigene Form der Hartnäckigkeit wie ein Terrier mit seinem Knochen. Die Dänen gehen noch einmal mit sich zu Rate. Die Zukunft ist wie immer offen. Einstweilen nimmt die Rezession ihren Fortgang, begleitet von Bankrotten und menschlichen Dramen. Selbst Japans Blüte ist grausam verdorrt, und Deutschland, jenes Vorbild an stillen Tugenden des Fleißes, sieht sich genötigt, sein Haushaltsbudget zu überdenken.

Die dunklen Mächte des Chaos von gestern spüren den Mangel europäischer Entschlossenheit und schlagen dicht vor der Haustür zu. Jugoslawien, eine der stolzen Früchte der Vertragsvereinbarungen am Ende des Ersten Weltkriegs, beginnt zu zerfallen.

Wilde und unmenschliche Kämpfe brechen aus, zwischen Serbien und Kroatien, zwischen Orthodoxen und Katholiken, zwischen dem kyrillischen und dem römischen Alphabet und zuletzt sogar zwischen den Sprechern derselben Sprache. Überraschenderweise ist Deutschland federführend dabei, die Auflösung unvermeidlich werden zu lassen, indem es Kroatien und Slowenien als unabhängige Republiken anerkennt, eine Rückkehr zu historischer Politik – ironischerweise auch – der Nazis. Die Vereinten Nationen setzen nicht kampffähige Friedenstruppen in Teilen von Kroatien ein, und die Folge ist, daß die Kämpfe sich nach Bosnien verlagern und plötzlich Moslems beteiligt sind. Jetzt erreichen langwierige Friedensgespräche ihren Höhepunkt unter dem gemeinsamen Vorsitz von Cyrus Vance für die UN und Lord Owen als Vertreter der Europäischen Gemeinschaft.

Diese Gespräche haben unzählige Waffenstillstände hervorgebracht, die immer schon gebrochen wurden, bevor die

Tinte getrocknet war, und der bosnische Premierminister wird von serbischen Soldaten aus dem Schutz seines gepanzerten Wagens gezerrt und ermordet. Gibt es diesmal wirklich eine Friedenschance? Lord Owen meint, die Serben werden keine Lust haben, sich an irgendwelche Vereinbarungen zu halten, wenn sie das Gefühl haben, die Weltmeinung sei gegen sie. Man hätte nicht gedacht, daß sie zu solcher Empfindlichkeit fähig sind. Einen Moment mal – selbst diese Situation hat sich noch verschlechtern können, dank der Unfähigkeit Europas, seinem Abscheu mit lauter Stimme Ausdruck zu verleihen.

Die russischen Konservativen, die wie ein Stachel in Jelzins Seite sitzen, haben eine handliche Alternative im altmodischen Chauvinismus gefunden. Diese Leute, im Gefühl der eigenen Wichtigkeit bestärkt durch die Nadelstiche aus dem Baltikum und aus Zentralasien, haben sich nun zur Verteidigung ihrer serbischen »Brüder« als Teil des alten pan-slawischen Traums erhoben.

Wo wird das alles enden? Die Franzosen reden immer noch von unilateralen Aktionen zur Befreiung der Gefangenen aus den Lagern und von der Bombardierung serbischer Artilleriestellungen, die Sarajewo beschießen. Aber das hätte man schon vor einiger Zeit unternehmen sollen, im Namen der Menschlichkeit und im Namen Europas, als das Eisen noch so kalt war, daß man es in die Hand nehmen konnte.

21. Januar 1993

WENN DIE SIEGESPARADEN ENDEN

Zunächst erscheint es wie eine Frage der Prioritäten und Public Relations. Aber hinter der wenig verheißungsvollen Fassade der Ereignisse lauert eine viel unheimlichere und potentiell tödliche Realität.

Der Völkerbund war eine Organisation voller Hoffnung für die Menschheit nach dem Alptraum des Ersten Weltkriegs, der sehr viel länger dauerte, als geplant gewesen war, und der die Kräfte der Erde erschöpft hatte. Der Bund scheiterte langfristig, weil die Welt wieder zu Atem kam und bestimmte Länder nach der Genesung ihren Vorteil darin sahen, aus einer Organisation auszuscheiden, die noch nicht unentbehrlich geworden war, sondern lediglich ein letztes Revisionsgericht für die, denen Unrecht und Leid geschehen war.

Mussolinis Italien marschierte grölend hinaus, nachdem es wegen der Invasion Äthiopiens verurteilt worden war; es blieb gerade noch lange genug, um Kaiser Haile Selassies herzzerreißenden Appell an das Gewissen der Menschheit hohnlachend zu verspotten.

Bevor ein zweites Mal ein alles umschließender Konflikt ausbrach, stolzierte auch Hitlerdeutschland lärmend aus dem Forum der Völker hinaus.

In Erkenntnis der Unzulänglichkeiten des Völkerbundes gründeten die Sieger des zweiten katastrophalen Aderlasses die Vereinten Nationen, eine Organisation, die bemüht war, die hohen Ideale der erloschenen Mutter fortzuführen, dies indessen mit einer härteren Struktur.

Bis heute verfügt sie über eine schwerfällige Generalversammlung, die immer weiter wächst, während aufstrebende Nationen ihren Beitritt beantragen; zudem über eine Reihe von Räten, von denen der augenfälligste der Weltsicherheitsrat ist. Dieses stromlinienförmige Entscheidungsgremium hat fünf feste Mitglieder, die Sieger des letzten Krieges, und jedes von ihnen besitzt ein unglückseliges Vetorecht, was über lange Zeitabschnitte hinweg die Entscheidungsfähigkeit des Rates praktisch ausgeschaltet hat.

Es gab Ausnahmen in der schrecklichen Monotonie des sowjetischen *njet*, aber sie waren selten und lagen weit auseinander. Als die Briten und die Franzosen – im Zusammenspiel mit Israel – die unglaublich veraltete Idee hatten, in Ägypten einzumarschieren, um es dafür zu bestrafen, daß es den Suezkanal besetzt hatte (eine Art mentale Überflugverbotszone der Vergangenheit), da sahen sich die Vereinigten Staaten und die Sowjetunion voller Unbehagen als Partner in der Abstimmung.

Wenn die führenden Mächte bis dahin etwas hatten unternehmen wollen, was außerhalb der Legalität lag, dann taten sie es allein, es sei denn, man hätte sie – wie im Falle des Einmarsches in Ägypten – wieder an den Verhandlungstisch der UN zurückgezwungen. Was die US-Invasionen von Grenada und Panama angeht, so waren sie vorüber, ehe die UN erfolgreich angerufen werden konnte, und sowohl die Sowjetunion bei ihren Interventionen in der Tschechoslowakei, in Ungarn und Afghanistan wie auch Israel bei zahllosen Gelegenheiten wurden zu Experten im Ignorieren von UN-Resolutionen, ohne sich je die Mühe zu machen, dann aber auch hinauszumarschieren, wie Deutschland und Italien es in der Vergangenheit getan hatten.

Heute besteht eine großartige Gelegenheit für einen Wandel zum Besseren, aber wie so oft ist diese Gelegenheit mit Gefahren befrachtet. Ohne die sowjetische Hürde sind nun die USA die beherrschende Kraft im Sicherheitsrat, kundig und konsequent unterstützt von ihren erfahrenen Mentoren Frankreich und Großbritannien.

Vor dem Hintergrund einer sich großenteils noch entwickelnden Welt ist es ohne Zweifel unglückselig, daß das Triumvirat an der Spitze unserer planetarischen Politik aus den beiden ehrwürdigsten und erfolgreichsten Kolonialmächten besteht, aus ihnen und ihrem brillanten Schüler, der die alternden Lehrer an Tatkraft und Reaktionsschnelligkeit längst übertroffen hat.

Bis heute ist das Bild der Organisation der Vereinten Nationen ein Erbe des Völkerbundes, ein irgendwie amorpher Ort hoher Ideale, guter Absichten und wohlwollender Kraftlosigkeit.

Im Notfall braucht sie die geborgte Kraft mächtiger Staaten, um ihre Entscheidungen durchzusetzen. Wann immer es ihr gelingt, unabhängig von den wenigen noch verbliebenen Militärmächten eigene Friedenstruppen auf die Beine zu bringen, bestehen diese unweigerlich aus Elementen kleiner Staaten, symbolisch ausgerüstet mit leichten Waffen.

Sie sind dann Beleidigungen, Mißhandlungen und zuweilen auch Angriffen ausgesetzt. Dies ist zweifellos der Grund, weshalb der neue Generalsekretär, Dr. Boutros Boutros-Ghali, ein unabhängiger Kopf, der ernsthaft bemüht ist, die

UNO mit der so dringend benötigten positiven Persönlichkeit auszustatten, sich den Buhrufen und Störungen eines Gesindels ausgesetzt sieht, das gesunden Respekt nur vor Demonstrationen roher Kraft aufbringt.

Es ist typisch für diesen unglückseligen Zustand, daß ein amerikanischer Kongreßabgeordneter, der sich mit einer Handvoll Kollegen auf eine Blitzinformationsreise nach Somalia begeben hatte, forsch erklären konnte, er habe rasch begriffen, was die Vereinten Nationen dort vor der Ankunft der amerikanischen Marines getan hätten: Nichts, sagte er. Natürlich, wenn man alles in rein militärischen Kategorien betrachtet, wozu man in den von der eigenen Effizienz berauschten USA neigt, dann wird die schwierige Arbeit von UN-Kräften in einem durch die Rivalität schwerbewaffneter Warlords beherrschten Land relativ ineffizient erscheinen. Aber besteht das Heilmittel dagegen denn darin, daß man den Sicherheitsrat buchstäblich als Geisel nimmt?

Man muß es Mr. Bushs Amerika zugute halten, daß es so schnell und so großzügig auf die himmelschreiende Not im ehemaligen Jugoslawien reagiert hat. Aber die zweite dringende Priorität, für die Mr. Bush sich entschieden hatte, war der Golfkrieg, der ihm jetzt auf der Seele liegen muß wie eine Arbeit, die man vor Büroschluß nicht mehr fertigbekommen hat.

Die Art, wie Saddam Hussein sein militärisches Gerät bewegt, läßt vermuten, daß er weiterhin nicht bereit ist, seine Niederlage zu akzeptieren, und man ergreift eine Serie von sterilen Maßnahmen dagegen. All die alten Militärberater werden uns im Fernsehen vorgeführt, frisch wie die Gänseblümchen, und sie brennen darauf, ihren Rat abgeben zu dürfen. Einer von ihnen – er hat eine Antwort auf alles und Fragen zu nichts – glaubt, eine Bombardierung würde die irakische Bevölkerung irgendwann dazu zwingen, sich Saddams zu entledigen – eine Theorie, die auf der mutmaßlichen Reaktion der amerikanischen Öffentlichkeit auf eine ähnliche Situation beruht und die sich bereits als völlig irrig erwiesen hat, denn das Land trotzt nicht so sehr militärischer Macht als vielmehr der krassen Demütigung.

Der Konflikt ist zusehends peinlich geworden, zumal wenn immer mehr Kritiker darauf hinweisen, daß unterdessen rund vierhundert Exil-Palästinenser frierend auf den Felsen im Niemandsland festgehalten werden und daß die Freistilkämpfe zwischen den Beteiligten im Bosnien-Konflikt unvermindert weiterwüten, allen UN-Resolutionen zum Trotz, die doch kein bißchen weniger dringlich waren als die zu Somalia und dem Irak.

Der Vorwurf der Doppelmoral in den Prioritäten der UN (oder sind es die US?) ist voll und ganz gerechtfertigt. Sonderbarerweise braucht man Rußlands Stimme im Sicherheitsrat schon wieder und ebenso die Deutschlands und Japans – zweier Großmächte, die uns daran erinnern können, daß die Niederlage nicht das Ende von allem ist und der Sieg nicht immer die Lösung. Die Vereinten Nationen müssen Schiedsrichter bleiben und dürfen nicht bloß Teilnehmer bei Initiativen sein, die nicht mal notwendigerweise von ihnen stammen.

4. Februar 1993

WIE MAN SICH SELBST IN DIE KLEMME BRINGT

Viele haben erleichtert geseufzt, als Jitzak Schamir und seine Partei in Israel aus der Regierung schieden; sie haben öfter nein gesagt als selbst Gromyko und Molotow in ihren besten Zeiten. Aber jetzt sitzen wir da mit Jitzak Rabin, der sich einen Wolfspelz übergeworfen und eine der unvernünftigsten Initiativen der jüngeren Geschichte gestartet hat.

Die willkürliche Verhaftung angeblicher Terroristen oder ihrer Sympathisanten in Gaza und auf der Westbank und ihre Vertreibung aus Israel, ohne vorher sicherzustellen, daß der Libanon sie aufnimmt, müssen auf jenes überzogene Selbstvertrauen zurückzuführen sein, welches die zuverlässigste Abkürzung zur Dummheit bildet.

Man hatte natürlich angenommen, der Libanon würde sich dem leisesten Druck beugen. In der Vergangenheit war das unweigerlich so gewesen, ganz gleich, woher der Druck gekommen war. Die von Israel kontrollierte sogenannte Sicherheitszone hatte er sich abringen lassen, ohne daß er zum Widerstand fähig gewesen wäre, und die Syrer saßen ihm auch ständig im Nacken. Mit dem Libanon würde man anscheinend ein leichtes Spiel haben.

Zu Rabins Pech war dies genau die richtige Gelegenheit für den Libanon, zu demonstrieren, daß er sein eigener Herr ist und selbst bestimmt, was auf seinem Territorium erlaubt und was verboten ist. Allem Säbelrasseln zum Trotz blieb der

Libanon standhaft, und die über vierhundert Palästinenser saßen in der zerklüfteten Gletscherzone zwischen den beiden Widersachern fest, eine Zeitlang sogar ohne Nahrung, Unterkunft und medizinische Versorgung.

Natürlich war die Öffentlichkeit der ganzen Welt über Israels gefühllosen Akt empört, und man berief sich darauf, um die Doppelmoral der Vereinten Nationen (lies: der Vereinigten Staaten) aufzuzeigen: so aktiv im Irak und so untätig in diesem Niemandsland.

Die ganze erbärmliche Angelegenheit ist symptomatisch für ein Problem unserer Tage. Regierungen mit winzigen Minderheiten betreiben unweigerlich die Politik der Opposition, so unterschiedlich die Plattformen der beiden Parteien auch sein mögen, um sich die Macht zu erhalten und ihre Politik einigermaßen zusammenhängend zu gestalten. Die Parteien der Linken in Europa stehen insgesamt nur einen Bruchteil weit links von der Mitte, und das Umgekehrte gilt auch für die Rechte.

Leider hat Israel – ein kleines Land, geschaffen von Pionieren und unterstützt vom schlechten Gewissen der Welt, das seine prekäre Existenz mit dem größten moralischen Kredit in der gesamten Geschichte – von seinem Kapital gelebt, statt sich mit den Einkünften zu begnügen. Es hat eine Art Streitsucht entwickelt, die in seinen Freunden, um es zurückhaltend zu sagen, Unbehagen weckt.

Golda Meir pflegte zu glauben, Araber seien eben Araber, was immer sie selbst von sich sagen mögen – von der Atlantikküste Marokkos bis zu den Grenzen des Iran –, und diese Überzeugung befeuerte offensichtlich die Vertreibung der Palästinenser in ein Nachbarland, das sich nur im Namen von ihrer Heimat unterschied und das sie mühelos würde aufnehmen können.

Der Golfkrieg und die damit zusammenhängende rücksichtslose Vertreibung von Palästinensern, Jordaniern und Jemeniten aus Saudi-Arabien wegen unterschiedlicher Ansichten zum Irak genügt, um zu zeigen, wie kompliziert und wie unbeständig die endlos wechselnden Gezeiten innerhalb der arabischen Welt sind, die mit dem monolithischen Bild in Mrs. Meirs Vorstellung nicht das geringste zu tun hat. Jetzt droht der UN-Sicherheitsrat Israel mit Sanktionen. Das Oberste Gericht in Israel erbot sich daraufhin, jeden einzelnen Fall auf den individuellen Sachverhalt hin zu überprüfen – das unausgesprochene Eingeständnis, daß diese entscheidende Vorbedingung für jegliche Rechtsprechung bis dahin nicht erfüllt war.

Ganz im Gegenteil: Israel hatte bereits zugegeben, daß eine Handvoll derer, die da die Entbehrungen des Semi-Exils zu erleiden hatten, irrtümlich ausgewiesen worden waren. Nun war alles vorbereitet für eine der größten verpatzten PR-Unternehmungen der letzten Jahre.

Es war so schon alles schlimm genug, aber es sollte noch schlimmer kommen. Ein Punkt war erreicht, an dem die USA nicht länger in der Lage waren, Israel in der Öffentlichkeit zu unterstützen. Und von seinem größten Wohltäter unter Druck gesetzt, ließ Israel sich den dämlichsten aller Kompromisse einfallen.

Es bot an, einhundert der Ausgewiesenen wieder einzubürgern. Welche nach Hause zurückkehren dürften, und welche auf dem kahlen Berge verbleiben müßten, wäre wahrscheinlich auf ebenso willkürliche Weise entschieden worden wie alles andere in dieser törichten Affäre – und dies, nachdem das israelische Oberste Gericht angeboten hatte, jeden Fall individuell zu untersuchen!

Die Gelegenheit zu einer Demonstration ihrer Solidarität wurde den Ausgewiesenen auf einem Silbertablett geliefert, und sie nahmen das Geschenk mit großer Würde entgegen und erklärten, entweder würden alle nach Hause zurückkehren oder keiner. Diese Nachricht war anscheinend ein Schlag für Warren Christopher, den neuen amerikanischen Außenminister, der sich nun schnell einen anderen Weg zur Vermeidung von Sanktionen ausdenken muß.

Am Ende werden die Ausgewiesenen natürlich alle wieder nach Hause zurückkehren. Die israelische Regierung kann sich diese Art Ausflüchte nicht sehr viel länger erlauben und muß zusehen, daß ihre Verluste möglichst gering bleiben. Man hofft, daß Christopher sich von seiner Enttäuschung bald erholen und Rabin darauf hinweisen wird, daß der Versuch, so zu tun, als sei er Schamir, keine Zukunft hat – und daß der Friedensprozeß sehr viel wichtiger ist als eine schnelle Entscheidung, die schiefgelaufen ist.

Aber war es so schwierig, schon vorher klug zu sein? Anscheinend. Und das ist das Deprimierende.

Und während überall in der Welt Rechnungen mit Gewehrkugeln beglichen werden, was immer nur neue Teufelskreise aus künftigem Haß hervorbringt, die zu weiterer tragischer Gewalt führen werden, widmet sich die neue Clinton-Regierung entschlossen dem Problem der – Schwulen beim Militär.

Das politische Establishment in Amerika zieren so krustige Elder Statesmen wie der Senator Thurmond, kategorisch bis zur völligen Unverständlichkeit, und pensionierte Offiziere wie Admiral Moorer, der besessen ist von der angeblichen Bedrohung der militärischen Moral durch Tuntenbars. Dies steht im Gegensatz zu Clintons Reformeifer in dieser Frage, die letzten Endes für eine sechsmonatige Denkpause auf Eis gelegt worden ist.

Das Problem entsteht aus der Pflicht der Schwulen, ihr Schwulsein vor dem Eintritt in den militärischen Dienst offenzulegen. Derlei wurde noch niemals irgendwoanders verlangt, und das ist nur gut so, denn nicht wenige der großen Heerführer der Geschichte wären sonst um ihre Triumphe und ihre Nationen um ihre Dienste gebracht worden.

Kann man sich die Schlagzeilen der antiken griechischen Presse vorstellen? »Alexander nicht mehr groß! Urteilsverkündung heute! Plädoyer auf ›unschuldigen Spaß‹ abgewiesen!«

11. Februar 1993

BEHUTSAM, ABER STETIG

Ich kannte Audrey Hepburn nicht so gut, wie ich es mir gewünscht hätte. Vor langer Zeit, als ich ein relativ junger Autor und sie eine sehr junge Ballerina war, da erregte sie meine Aufmerksamkeit, als ich eine kleine Rolle in einem Stück von mir besetzen mußte, dessen Proben beginnen sollten.

Ich erinnere mich heute nicht mehr, welches Stück es war, aber ich erinnere mich an meine Reaktion, als ich sie kennenlernte. Ich fand, sie habe viel zuviel Persönlichkeit, was eine eher zurückhaltende Rolle mit Eigenschaften ausgestattet hätte, die sie nicht besitzen sollte. Zurückblickend schmeichle ich mir, daß mein Zögern, sie zu engagieren, ihren majestätischen Aufstieg an die Spitze des Ruhmes nur hat beschleunigen können.

Viel später erfuhr ich gerührt, daß sie Druck auf die Produzenten von *Krieg und Frieden* ausgeübt hatte, damit sie mir die Rolle des Pierre gäben. Ihrer Beredtsamkeit um meinetwillen zum Trotz hatte ich keine Chance, denn die Rolle war bereits an Henry Fonda vergeben, einen der besten Schauspieler Hollywoods.

Aber ich erinnere mich an ihre Bemühungen mit einer Überraschung, die sich über die Zeit hinweg erhalten hat, und mit einer Zuneigung, die unweigerlich gewachsen ist, da ich das Privileg hatte, ihre angeborenen Qualitäten als Botschafterin für das UN-Kinderhilfswerk Unicef kennen und schätzen zu lernen.

Dies war eine Rolle, die sie nicht lange spielen durfte, aber es war eine der bemerkenswertesten in ihrer Karriere. Das sage ich mit Empathie, denn ich weiß, wie schwierig es ist, einen Ruf in der Welt der Kommunikation mit all ihren oberflächlichen und leichtfertigen Aspekten mit einer echten Sorge um die Armen und Unterdrückten zu verbinden.

In dieser Hinsicht grassiert Zynismus in jenem Teil der Welt, der sich als den entwickelten bezeichnet. Man wäre durchaus bereit, die Motive eines Stars zu verstehen, der freiwillig etwa nach Somalia ginge, um dort gegen Honorar Reklame für Milchpulver zu machen; aber man bezweifelt die Aufrichtigkeit desselben Stars, wenn er sich ohne finanzielle Vorteile und nur im Dienst eines humanitären Impulses dorthin begibt.

Daß solches Denken existiert, spiegelt den herrschenden Geschmack unserer Gesellschaft wider und nicht so sehr den eines Individuums mit einem normalen Verantwortungsgefühl.

Es versteht sich von selbst, daß der kleinste Gedanke, der sich auf diesen abgeschmackten Bahnen bewegte, in bezug auf Audrey Hepburn ungerecht und über alle Maßen häßlich wäre.

Sie wußte besser als irgend jemand sonst, daß der Lohn für solche Arbeit im Blick der Hilfebedürftigen liegt. Sie sind es, die einem in aller Einfachheit klarmachen: Diese Arbeit ist der Mühe wert. Solche Mildtätigkeit ist eine kleine Ergänzung zum Werk jener wunderbaren Leute, die ihre ganze Zeit darauf verwenden. Kein noch so ausdauerndes Geschwätz in der Welt der Wohlgenährten kann jemals von dieser intimen Wahrheit ablenken.

Die Statistik sagt, Audrey sei jung gestorben. Was keine Statistik zeigen kann, ist, daß Audrey in jedem Alter jung gestorben wäre. Mit der perfekten Knochenstruktur ihres Gesichts schien sie das Geheimnis einer Jugend zu besitzen, die ans Ewige grenzte, und doch war die aufrechte Haltung der Reife schon in früher Jugend an ihr zu sehen.

Der leibhaftige Kontakt mit hungernden Kindern hat sie tief berührt, aber es war nichts zur Schau gestelltes Emotionales an ihrer Fähigkeit, die Glut des öffentlichen Gewissens anzufachen. Dazu war nichts weiter nötig als die Anschauung selbst und ihre beherrschte Beredtheit, die man bei jeder Gelegenheit erleben konnte.

Niemand war je weiter entfernt vom konventionellen Image des Showbusiness, von Flitter und Glamour.

Die Natur hatte ihr so viel Geheimnis gegeben, wie sie brauchte, und obgleich ihre Worte mit dichterischer Sorgfalt gewählt waren, unterstrichen sie doch nur die Tatsache, daß sie nicht bloß Werkzeuge eines vorzüglichen Verstandes, sondern eines empfindsamen, aber standhaften Herzens waren. Audrey leistete einen prachtvollen Beitrag zu ihrer Kunst, und sie starb weit jenseits der Grenzen ihrer Pflicht.

Wir empfinden ihren Tod als Verlust der Freundin, Bekannten und Persönlichkeit. Als Vorbild, und somit auch als Mensch, ist sie noch sehr lebendig.

28. Januar 1993

NOSTALGIE IM ANGESICHT DES VERTRAUTEN

Es ist eine Klischeevorstellung, zu glauben, alte Leute würden die Gegenwart mit den Maßstäben einer wirklichen oder eingebildeten Vergangenheit beurteilen. Die Erinnerung, heißt es, spielt einem Streiche, und die Ereignisse einer vergangenen Zeit bekommen eine milde Patina, ganz wie es bei antiken Möbeln geschieht.

Noch an die schrecklichsten Erlebnisse erinnern sich die Überlebenden mit einer Zärtlichkeit, die vermuten läßt, daß es die Zeit selbst ist, die mit ihrem Verstreichen solche Ehrfurcht erst erschafft.

Und doch scheint mir, daß die Führer vor einem halben Jahrhundert Leute mit Substanz waren, verglichen mit den Fliegengewichten von heute. Aber die Logik sagt mir, der Unterschied kann nicht so groß gewesen sein, wie es den Anschein hat, und die Art, das Leben an sich zu leben, hat sich zum Schaden derer verändert, die im Scheinwerferlicht stehen.

Gewiß besteht die große Plage des heutigen politischen Führers darin, übermäßig oft im Rampenlicht zu stehen; der Schauspieler weiß, daß dieses Unglück fast so schwer zu ertragen ist wie der umgekehrte Fall. Die übermäßige Medienpräsenz führt zu jener Art von Vertrautheit, die Verachtung für diejenigen mit einer erkennbaren Persönlichkeit und Gleichgültigkeit gegen alle anderen hervorbringt. Früher hätten Premierminister in einem Londoner Club praktisch alles sagen können, was sie wollten, und es wäre nicht an die Öffentlichkeit gedrungen. Heutzutage lädt der Club selbst die Medien ein, an seinem Privileg teilzuhaben, und Medien bedeuten Öffentlichkeit.

Und eine Bemerkung von unschlüssiger, nachdenklicher Art, sorgsam so formuliert, daß sie klingt wie ein Tagtraum und nicht wie eine politische Richtschnur, ruft unter den politischen Kommentatoren wahre Flutwellen hervor. Ist das alles ein wenig unverhältnismäßig? Ja und nein.

Es ist normal, daß der Zuschauer besonders aufmerksam wird, wenn er die Possen einer Regierung verfolgt, die das Spiel – um es in fußballerischen Kategorien auszudrücken – mit fünf oder sechs Eigentoren begonnen hat. Das ist wirklich ein bißchen zu übertrieben, als daß man es ausschließlich einer Pechsträhne zuschreiben könnte.

Aber beim besten Willen muß der Verdacht auf schlechtes Management und Inkompetenz bestehenbleiben, und wenn die Idee vorgetragen wird, Sozialhilfe anstelle von Arbeit zu bieten, schleicht sich der Eindruck ein, daß es denjenigen, die für unsere Geschicke verantwortlich sind, weniger darum zu tun ist, die Flut der Arbeitslosigkeit zum Schwinden zu bringen, als vielmehr darum, die Arbeitslosigkeit zu ihrem Vorteil zu wenden.

Die Krise im Westen ist nicht bloß eine Frage des Cashflows in den Arterien des Staates, durch Schlackenablagerungen gehemmt und durch Korruption und Skandale vermindert, sondern sie reicht tiefer. Sie ist auch – und genauer – eine Krise der Selbsteinschätzung und somit des Glaubens und Vertrauens. Lady Thatcher war stets besessen von der Idee der

Führerschaft, und Mr. Bush hat auf dem Weg zu seiner Niederlage häufig erklärt, die Amerikaner wünschten sich Führung. Ich persönlich habe meine Zweifel, ob ein denkender Mann oder eine denkende Frau sich jemanden wünschen, der ihnen sagt, was sie machen sollen, wenn dies ihren individuellen Instinkten und Überzeugungen entgegensteht.

Wenn irgend etwas Neues in der Luft liegt, so ist es Präsident Clintons Wunsch, nur so sehr respektiert zu werden, wie er selbst das Wahlvolk respektiert. Seine Rhetorik ist interessant und ungewöhnlich, und nur die Zeit wird zeigen, wie praktikabel ein solcher lobenswerter Ehrgeiz ist, wenn man den mit harten Bandagen kämpfenden Fightern in Senat und Kongreß gegenübersteht.

Im Augenblick hat das Ganze eine bekümmernde Ähnlichkeit mit der unaffektierten Regierung Jimmy Carters, der an Größe gewonnen hat, seit er nicht mehr im Amt ist. Carters nachträgliche Einsichten könnten heute nützlich sein.

Da die Sitzungen des britischen Parlaments im Fernsehen übertragen werden, stehen das britische Kabinett und die Opposition sehr viel stärker im Blickpunkt der Öffentlichkeit als der amerikanische Präsident, der oft von einem Sprecher vertreten und so für wichtige Anlässe aufgehoben wird.

Die Redekunst im Unterhause gereicht der Sprache Shakespeares selten zur Zierde, und die kindische Bösartigkeit, mit der die Politik von gestern den politischen Gegnern von heute zugeschrieben wird, stellt die Geduld auf eine harte Probe. Ohne Zweifel liegt es an der Häufigkeit, in der britische Persönlichkeiten im Fernsehen auftreten, daß sie noch nichtssagender erscheinen, als sie sind.

Alles bedarf dringend der Erneuerung, die Art und Weise

der Auftritte, vor allem aber ihre Substanz. Die Sitzungen des französischen und des deutschen Parlaments werden im Fernsehen übertragen, die des einen vor dem theatralischen Hintergrund neoromanischen Pomps, die des anderen vor einem nüchternen, funktionalen Dekor. Beide Kulissen eignen sich nicht für den schrillen Ton, der das Merkmal Westminsters ist.

Aber eines haben alle diese Stätten in beklagenswerter Weise miteinander gemeinsam, nämlich den Mangel an Charisma ihrer Insassen. Die Großzügigkeit schreibt dies einem Übermaß an Öffentlichkeit zu, aber vielleicht ist es ebenso wahr, daß die modernen Verfahren für Persönlichkeiten in der Regierung eher hinderlich sind und daß es dem politischen Leben der Zukunft bestimmt ist, ein einziges langgezogenes Gähnen zu erzeugen, wobei nur hin und wieder unglaubliche Fehleinschätzungen Fassungslosigkeit wecken werden.

François Mitterand ist die Ausnahme, die die Regel bestätigt. Er regiert nicht im Schatten, sondern in den Wolken, die den Olymp umhüllen. Er geruht nur dann zu sprechen, wenn andere schweigen, und zu Gelegenheiten, die er selbst bestimmt. Er sagt wenig und dies in beträchtlicher Ausführlichkeit, und da alles, was er sagt, zu vielfältiger Interpretation geeignet ist, wahrt er sein Mysterium. Er ist, wohl oder übel, der einzige professionelle Politiker, den wir noch haben.

18. Februar 1993

BALKANISCHE RECHNUNGEN IN EINEM LAND DER GEBROCHENEN VERSPRECHEN

Es ist schwer zu sagen, was im Augenblick tatsächlich hinter dem grausamen Chaos im ehemaligen Jugoslawien vorgeht. Aber es ist nicht allzu schwer zu erraten – wenn man das Mienenspiel des Herrn Karadzic liest, die Pausen in Lord Owens vorsichtigen Statements mit Sinn füllt, seine Ausbrüche von Offenheit auf einer persönlichen Richterskala mißt und sich vorstellt, was hinter Cyrus Vances Maske beharrlicher Herzlichkeit gegen alles und jeden vorgeht.

Es scheint einigermaßen dringend erforderlich zu sein, daß ein extrem komplizierter Plan zur Aufteilung Bosniens in verschiedene Regionen allgemein akzeptiert wird, wobei es darauf ankommen soll, wohin die Bewohner wanderten, als alle noch gut miteinander auskamen oder zumindest Besseres zu tun hatten, als über Mord, Vergewaltigung und andere Methoden der Selbstverwirklichung nachzudenken. Aber wird dieser unter Druck entwickelte Plan besser sein als der, den andere Friedensunterhändler nach dem Ersten Weltkrieg geschmiedet haben – diejenigen, die Jugoslawien schufen, indem sie die aufbereiteten Trümmer des österreichisch-ungarischen Reiches mit Serbien und Montenegro zusammenrührten? In der Rückschau sieht es so aus, als ob die Weisen von damals aufgrund ethnischer und geographischer Erwägungen alles in einen Topf warfen, weil sie glaubten, daß ein gewisses Maß an Harmonie garantiert sei, da sie alle Slawen seien.

Religionskriege waren 1918 eine Sache der Vergangenheit. Auf einem Kontinent, der durch viereinhalb Jahre des schrecklichsten Kriegs seit Menschengedenken angeblich von aller Torheit geläutert worden war, glaubte man nicht, daß es sonderlich darauf ankam, ob in einem neuen Königreich Katholiken, Moslems und orthodoxe Serben zusammenlebten. Es sah aus, als sei das Spiel aufgegangen, trotz eines verschwörerischen Untertons, der aus der Szene auf dem Balkan nie ganz gewichen ist.

Erst die vielfachen Konvulsionen des Zweiten Weltkriegs brachten alles ans Licht, was bis dahin verborgen gewesen war. Das kam den Nazis entgegen, die es nicht vermocht hatten, Jugoslawien zu befrieden oder auch nur vollständig zu besetzen, und die nun auf die alte und nützliche Theorie vom Teilen und Herrschen zurückgriffen.

Sie schufen sich in Kroatien einen Marionettenstaat, der ihnen half, diejenigen Territorien, die sie hatten halten zu können, polizeilich zu beaufsichtigen. Die kroatischen Ustascha mißhandelten Serben mit einer Brutalität, die sogar die SS schockierte, und entsetzte italienische Priester kehrten nach Rom zurück und berichteten von haarsträubenden Exzessen katholischer Kroaten gegen orthodoxe Serben.

Nach Kriegsende verbreitete sich das kommunistische Virus rapide in ganz Osteuropa. Tito kam als großer Führer aus den hohen Bergen, wo die jugoslawischen Partisanen den Eindringlingen Alpträume bereitet hatten. Sein Ruf war von den jüngsten Ereignissen geprägt, und mit seinem Charisma und seiner wilden Liebe zur Unabhängigkeit stellte er sicher, daß Jugoslawien nicht vom sowjetischen Wirtschaftssystem aufgesogen wurde.

Titos relative Isolation zwischen dem kapitalistischen Westen und dem sozialistischen Osten verlieh seinem Land eine Bedeutung, die in keinem Verhältnis zu seiner militärischen und wirtschaftlichen Stärke stand, und Druck von außen stellte die Integrität im Inneren sicher. Nach Titos Tod hielt die Macht der Gewohnheit das Land zusammen. Erst ein äußeres Ereignis konnte die Nation gefährden.

Das Ereignis war die Explosion des Sowjetreiches, deren Fallout weit über die Grenzen hinaus niederging. Plötzlich gab es nichts mehr, wovor man sich hätte schützen müssen, und man hatte Zeit, sich an alte offene Rechnungen zu erinnern. Rechnungen mit den Kroaten wegen uralter Grausamkeiten. Mit den Muslimen wegen vierhundert Jahren türkischer Besatzung. Mit den Albanern, weil sie sich in die Wiege der serbischen Zivilisation ergossen haben, in den Kosovo. Alle in der Region stellten fest, daß sie ein langes Gedächtnis hatten, und plötzlich mangelte es nicht mehr an Vorwänden, das Blutvergießen einzuläuten.

Auf welche Weise also kann der von Lord Owen und Cyrus Vance vorgelegte Friedensplan die territoriale Neuordnung von 1918 verbessern?

Die Kroaten akzeptieren ihn vorläufig, wie er ist. Die Serben, die sich durch die Haltung des Westens ihnen gegenüber ungerecht behandelt fühlen, akzeptieren ihn unter zahlreichen unklaren und inkonsequenten Bedingungen, die ebensoviel mit einer bedingten Ablehnung zu tun haben wie mit einer bedingten Zustimmung – und wenn dies inkonsequent klingt, dann muß das so sein, denn es spiegelt so getreu wie möglich die verschiedenen serbischen Positionen. Die Bosnier lehnen den Plan kurzerhand ab, da sie dabei die großen Verlierer sind, und sie behaupten, er enthalte keinerlei Vorkehrung zur Bestrafung der ethnischen Säuberer.

Die Amerikaner stehen anscheinend hinter diesem Plan – nach einiger Verzögerung, angesichts derer Lord Owen Ungeduld erkennen ließ, wofür ihn die *New York Times* tadelte. Tatsache ist, daß er nun die Last unserer allermeisten Hoffnungen, aber auch aller unserer Ängste zu tragen hat.

Die USA glauben, der Plan müsse möglicherweise geändert werden, damit er für alle Seiten akzeptabel ist, und sie schließen die militärische Option ebenfalls nicht aus. Die Russen schließen sie aus und halten den Plan für prima.

Europa blickt in unwürdiger Ratlosigkeit von einem zum anderen, während seine leichtbewaffneten Truppen in einer Landschaft voll häßlicher Überraschungen und gebrochener Versprechen willkürlichen Gefahren ausgesetzt sind.

Was immer die Vor- und Nachteile des Vance-Owen-Plans sein mögen, er wird langfristig sicher nicht verbindlich sein. Die Begleichung dieser Rechnungen ist niemals endgültig; früher oder später wird man sie erneut aufmachen. In einem solchen Kontext sind Unterschriften ohne Bedeutung. In diesem Wissen könnten Serben und Kroaten sich durchaus versucht fühlen zu unterschreiben.

Die Bosnier jedoch fürchten, dieses Dokument, was immer darin stehen mag, bedeute für sie das Todesurteil, abgesegnet durch unsere Lähmung.

25. Februar 1993

SOGAR DIE KORRUPTION IST NICHT MEHR DAS, WAS SIE WAR

Wer keine Schwäche für Italien hat, muß ein Herz aus Stein haben. Mussolini, einen Mann mit der sehr italienischen Gabe der Selbsttäuschung, hat es immer geärgert, daß sein Land Kellner in solchem Überfluß und von so allgemein anerkannter Vorzüglichkeit hervorgebracht hat.

Irgendwie hatte er die Vorstellung, daß Brillanz in einem Beruf, der sich der Organisation des Kulinarischen widmet, ihre Auswirkungen auf das Image des Landes als Militärmacht haben müsse. Wie es bei Diktatoren so oft der Fall ist, verwechselte er Service mit Servilität. Aber das ist ganz und gar nicht das gleiche. Im Gegenteil, das Dasein eines gemeinen Soldaten in einer Armee vor fünfzig Jahren kam der Servilität sehr viel näher als das des durchschnittlichen Kellners, der Stolz und Freude in seiner Arbeit findet.

Wenn der Italiener einen Fehler hat, dann ist es sein offensichtlicher Wunsch, Freude zu bereiten – und seine Absicht, an dieser Freude teilzuhaben. Es gibt keinen Zweifel daran, daß der klassische englische Butler, der mit sorgfältiger Aussprache verkündet: »Das Dinner ist serviert, Mylord«, einen ebensolchen Genuß an der ihm übertragenen Aufgabe findet, die unter anderem erfordert, erfolgreich zu verbergen, was er daraus an Befriedigung oder Erbauung gewinnt.

Die verschiedenen Völker finden auf unterschiedliche Weise Genuß an ihrer jeweiligen Art, die Dinge zu erledigen. Heutzutage stehen diese verschiedenen Arten der Reaktion auf die Ereignisse allesamt unter einem Druck wie noch selten zuvor in der Geschichte. Die Renaissance folgte auf das Mittelalter, weil die Zivilisation einfach keine andere Möglichkeit hatte zu überleben. Heute haben wir es mit einer durchaus ebenso dramatischen Situation zu tun, und es ist so dringlich wie nur je zuvor, eine neue Richtung für die Menschheit zu entdecken.

Es herrscht jetzt sogar eine ungewöhnliche Herzlichkeit unter den Politikern verschiedener Nationen, die durch gemeinsame Unpopularität in warmherzige Beziehungen zueinander getrieben werden. Wir befinden uns in einer Periode der Wählergleichgültigkeit gegenüber den Kandidaten. Es herrscht Überdruß an immer denselben alten Gesichtern, die sich auf immer dieselben Schlagworte verlassen, und man erlebt eine Zunahme von einfallsreichen Puppenspielereien im Fernsehen – die einzige Form, in der viele Leute ihre tägliche Dosis Politik noch schlucken können. Und als ob diese unfehlbaren Anzeichen für die Apathie der Öffentlichkeit noch nicht genügten, erleben wir umfangreiche Finanzskandale bei Banken und Maklerfirmen, die sich wie ein ansteckender Ausschlag über die ganze entwickelte Welt verbreiten.

Italien zum Beispiel ist im Augenblick mit dem gründlichsten Frühjahrsputz befaßt, den je eine zusammenhängende Nation an ihren politischen Organisationen vorgenommen hat. Jeder Tag bringt mehrere Rücktritte auf hoher politischer Ebene und mindestens ebensoviele Verhaftungen mit sich.

Vor einigen Monaten trat der italienische Präsident Francesco Cossiga aus scheinbar obskuren Gründen zurück. Mit der Zeit werden diese Gründe kristallklar, und sie lassen erkennen, daß er der einzige war, der das Unwetter heraufziehen sah und sich keine Illusionen über seine verheerende Gewalt machte.

Jetzt sieht das Land sich der Tatsache gegenüber, daß die gesamte Struktur seiner Gesellschaft von Korruption durchdrungen ist wie etwa ein majestätisches Gebäude von der Trockenfäule. Es ist naturgemäß schwierig, sich das vollständige Fehlen von Korruption in einem Land vorzustellen, in dem die Mafia seit langem ein Vorbild an organisierter Effizienz ist, zumal im Vergleich zu Ministerien und anderen staatlichen Behörden, die durch die Fesseln der Bürokratie gebunden sind. Jetzt ist es für die Polizei eine Ehrensache, zu demonstrieren, daß sie der Mafia an Standfestigkeit und Einfallsreichtum ebenbürtig ist. Und sie scheint endlich auch Erfolg zu haben, nachdem die Mafia mit ihren willkürlichen Mordanschlägen den Abscheu der Öffentlichkeit erregt.

In diesem Zusammenhang ist der Versuch interessant, den Begriff Korruption zu definieren. Ich nehme an, es ist korrupt, einem Oberkellner vor dem Essen ein Trinkgeld zu geben, da der Speisegast erwartet, zum Lohn für seine Investition auch eine spezielle Behandlung zu erfahren. Drückt man dem Kellner den gleichen Betrag erst nach dem Essen in die diskret aufgehaltene Hand, so handelt es sich bloß um Dankbarkeit für geleistete Dienste und ist daher keine Korruption. Ein Unterschied, der vermutlich hinreichend fein ist, um bei Gericht strittig verhandelt zu werden.

Als ich gegen Ende der vierziger Jahre in Italien einen Film produzierte, benötigte ich, das versteht sich, bestimmte Genehmigungen. Man arrangierte ein Zusammentreffen mit dem Minister persönlich. Eine italienische Kontaktperson ließ mich wissen, daß man einen Parker 51 als kleines Geschenk schätzen würde. Ich war empört. »Ich kann doch nicht hingehen und einem Minister einen Füller schenken!« protestierte ich. Der Blick meines Kontaktmannes wurde stahlhart, sein Tonfall knapp. »Er erwartet es aber«, sagte er. Schüchtern gab ich dem Minister den Federhalter, bevor ein Wort gewechselt worden war, und stellte damit sicher, dies wurde als Korruption nach altehrwürdiger Tradition erkannt.

Der Minister war außer sich vor Freude, und ich bekam meine Genehmigungen. Es ging schnell, war effizient und schmerzlos. Aber was ist seitdem aus der Korruption geworden, nicht nur in Italien, sondern in der ganzen Welt? Sie hat einen größenwahnsinnigen Wasserkopf bekommen und leidet an unheilbarer Inflation. Und sie macht den Beteiligten keine Freude mehr, wie sie es 1948 in Italien getan hat.

Heute verursacht sie einen vorübergehenden Rausch, Kopfschmerzen und – mit etwas Glück – hohe Gefängnisstrafen, bei denen man Zeit hat, sich zu überlegen, was da schiefgegangen ist.

4. März 1993

EINEN SCHRITT VORWÄRTS – DOCH WIE VIELE ZURÜCK?

Das europäische Verlangen nach Ausdehnung ist über die Ufer getreten und hat sich über das Antlitz des Globus ausgebreitet – unter so manchem heuchlerischem Vorwand, etwa dem, Menschen die Wahrheit bringen zu wollen, die auch ohne sie zu Frieden und Harmonie gefunden haben. Aber es ist heilsam, sich von Zeit zu Zeit daran zu erinnern, daß es nicht immer so war.

Lammfrommen Völkerstämmen dämmert die Erkenntnis, daß die Kolonisatoren ihren Ahnen nicht nur das Geburtsrecht geraubt, sondern ihnen auch Krankheiten und Alkohol aufgenötigt und ihnen dafür das Schreiben und Lesen von Sprachen vermittelt haben, die nicht ihre sind. Heute ist zumindest die Sklaverei Vergangenheit. Aber noch immer bewegen sich Völker rastlos über Grenzen hinweg – Grenzen, die von den Bigotten als heilig bezeichnet werden, aufgezwungen durch die Entwicklung der Nationalstaaterei.

Völker auf der Suche nach Nahrung, Arbeit und Sicherheit respektieren Landesgrenzen ebensowenig, wie Tiere es tun – und das ganz zu Recht. Wie die Gegenwart unter ständigem Beschuß aus der Geschichte steht, die sich gegen Veränderung und Fortschritt sperrt, so steht auch die Geschichte selbst unter einem unablässigen Druck aus der Vorgeschichte, die nichts weiß vom Flaggenaufpflanzen und von anderen Symptomen der Habgier und der Besitzerwut.

Erinnerungen an die endlosen Wachstumsschmerzen dieses Planeten findet man, wohin man auch schaut. Amerika wurde von unterschiedlichen Pionieren kolonisiert, von denen anscheinend keiner wußte, was er tat. Alles, was sie wußten, war, warum sie es taten.

Nach der Landung in der *Terra incognita* glaubten sich manche in Japan. Als die Engländer, übervorsichtig und verspätet wie immer, vom Erfolg des Christopher Kolumbus hörten, beschlossen sie, sich einen eigenen italienischen Navigator zuzulegen. Die Geheimwaffen jener Zeit waren anscheinend italienische Seefahrer.

Die Siedler aus Europa lasen die Heilige Schrift besser als den Kompaß. John Cabot landete ein paar Jahre nach Kolumbus' Erfolg in Kanada und war sich sicher, seine Entdeckung liege südlich vom Landeplatz des Kolumbus. König Heinrich VII. war entzückt über die Neuerwerbung, wo immer sie geographisch liegen mochte. Wie sich herausstellte, handelte es sich um Neufundland, und der dankbare Monarch drückte Cabot zur Belohnung ganze zehn Pfund in die Hand.

Afrikanische Sklaven wurden nach Amerika, in die Karibik und nach Brasilien gebracht, wo sie die Drecksarbeit in den Pflanzungen zu verrichten hatten. Heutzutage wiegt das menschliche Gewissen stärker als das unwissende Vorurteil. Der Polizeichef in einer Fernsehserie ist jetzt unweigerlich schwarz, und der amerikanische Generalstabschef ist es ebenfalls. Es findet tatsächlich eine Entwicklung statt – zumindest auf einer Ebene.

Der schmerzhafte und bewegende Übergang aus der Erniedrigung der Apartheid ist ein weiteres Beispiel für den Mut, mit dem der Mensch sein Geschick beeinflußt.

Und dann die unverhofften Erdrutsche in Gegenden, von denen man glaubte, sie seien aus massivem Granit. Der Zusammenbruch Jugoslawiens, das bis dahin als eine entwickelte Gesellschaft aus gemischten, wenn auch komplementären Kulturen gegolten hatte, hat die Region in eine mittelalterliche Finsternis gestürzt, die tiefer ist, als wir zuzugeben wagen. Unser Grauen angesichts dieser Ereignisse ist vergleichbar nur mit unserer Enttäuschung darüber, daß ein solcher Rückschritt möglich ist. Früher oder später müssen die Kriegsparteien erkennen, in was für einen Alptraum sie sich haben hineinschlittern lassen und wie hoffnungslos weit sie sich von den Gesetzen menschlichen Verhaltens entfernt haben.

Leider ist erst ein großes Mißgeschick nötig, um Gewissensbisse in Gang zu setzen, und wir müssen erst apokalyptische Ereignisse durchleben, um den nötigen Mumm aufzubringen, alles wieder ins Lot zu bringen. Der menschliche Impuls ist unmittelbar, menschliche Wiedergutmachung dagegen langwierig wie eine Gefängnisstrafe. Wenn ein Leben verlorengeht, verlieren wir ein Empfindungsvermögen, eine Intelligenz, einen einzigartigen Standpunkt. Das Leben war nie kostbar genug. Immer noch warten Hunderte in der Todeszelle auf die Strafe, die faule Gesellschaften gegen die verhängen, die von ihren Gesetzen abgewichen sind. Der Tod ist die endgültige Ablage in all unseren Bürokratien, das, was Hitler – wie immer unzutreffend – als »Endlösung« bezeichnet hätte.

Die Stadt Florenz, in der ich mich jetzt befinde, ist ein Mikrokosmos alles Menschlichen. Dieser majestätische Ort, erfüllt vom humanistischen und künstlerischen Glanz der Renaissance, ist auch heute noch ein präziser Spiegel aller menschlichen Neigungen. Völkerwanderungen finden heutzutage ebenso statt wie früher. Das Ausmaß der chinesischen Infiltration erkennt man an der wachsenden Zahl chinesischer Restaurants in der Stadt.

Auf dem zentralen Platz erinnert eine Marmorplakette an Savonarola, den makabren Mönch, dessen rechtschaffene Predigten bei hochgestellten Herren Anstoß erregten. Vor fast vierhundert Jahren wurde er auf dem Scheiterhaufen verbrannt, zusammen mit zwei Anhängern, die sich freiwillig erboten, sein Schicksal zu teilen.

Der Mensch, langsam wie eh und je, wenn es darum geht, die Dinge im rechten Verhältnis zu sehen, hat endlich mit Zerknirschung auf diesen exzessiven Akt des Borgia-Papstes reagiert. Und so geht es langsam und allmählich weiter: einen Schritt vor, aber wie viele zurück?

11. März 1993

DIE FREIHEIT KANN EINE GEFÄHRLICHE DROGE SEIN

Oh, Freiheit, Freiheit – wie viele Verbrechen wurden in deinem Namen begangen? Der letzte, der diesen großartigen Satz äußerte, war der französische Marschall de Lattre de Tassigny am Ende des Zweiten Weltkriegs. Die unbezahlbaren Weinberge von Burgund waren eben befreit worden, und die Alliierten rückten mit Nachdruck weiter in Richtung Deutschland vor.

Teile von de Lattres Vorhut stellten zu ihrer Freude fest, daß die meisten großen Jahrgänge der berühmtesten Weingüter den Krieg überstanden hatten.

De Lattre beschloß, anläßlich der Befreiung Frankreichs ein Essen zu Ehren der Alliierten zu geben. Als der geheiligte Wein serviert wurde, erklärte ein amerikanischer General den versammelten hohen Offizieren: »Leider war nicht so viel Wein da, daß alle damit anstoßen konnten – und so hat unsere erfindungsreiche Nachschubeinheit ihn verlängert: mit medizinischem Alkohol.«

Und während er diesen vergifteten Trank an die Lippen führte, geschah es, daß der entsetzte Marschall de Lattre de Tassigny murmelnd den berühmten Satz sprach. Seit jenen heldenhaften Tagen ist die Freiheit nicht weniger Mißhandlungen ausgesetzt worden als zuvor – mehr noch durch jene, die von ihr profitieren, als durch die, die ihr ein Ende machen möchten. Die Freiheit ist nicht nur etwas, wonach man sich sehnt, wenn man sie nicht hat; es ist auch nur allzu leicht, sie als selbstverständlich hinzunehmen, wenn sie eine normale Lebensbedingung ist.

Man nehme Amerika, *the Land of the Free*: ein Land hoher Ideale und brillanter Leistungen, aber auch eines, wo die ungezügelte Ausbeutung der Freiheit – als wäre sie eine Erzader, auf die man in seinem Garten gestoßen ist – das menschliche Gefühl für Verhältnismäßigkeit aushöhlt. Das geht so weit, daß manche in einer wörtlichen Auslegung der Bibel auf leicht gestörter Leitung vom Himmel eine Stimme hören, die ihnen befiehlt, Unschuldige abzuschlachten. Mit einer von der Vorstellung unbegrenzter Möglichkeiten begünstigten Arroganz werden beiläufig Morde begangen, oft sogar mehrfache. Freiheit wird mit Schrankenlosigkeit verwechselt.

Aber das irrwitzige Verhalten einzelner ist nicht annähernd so bedeutsam wie die diskrete Ausbeutung der Freiheit durch Leute in hoher Position. In Italien können wir sehen, was passiert, wenn Korruption so sehr zur Lebenseinstellung wird, daß sie von der Normalität fast nicht mehr zu unterscheiden ist. Ein Grund für die größere Sensibilität Skandalen gegenüber in Zusammenhang mit der Unehrlichkeit auf hoher gesellschaftlicher Ebene ist die weltweite Rezession. In Zeiten des Wohlstands und exorbitanter Ausgaben fällt Korruption häufig gar nicht auf – ja, sie kann sogar als unentbehrlicher Zierklang in der Hymne an die Fülle erscheinen. Aber wenn der Wind plötzlich dreht, werden wir uns unweigerlich eines gefährlichen Ungleichgewichts in der Gesellschaft bewußt.

Es gib Bankrotte, Betrügereien und Skandale; der goldene Händedruck ist Dutzendware. Die meisten von uns sind durch diesen Mißbrauch der Freiheit in hoher Position weniger unmittelbar betroffen als durch die erschreckende Epidemie von Einzelfällen des Scheiterns und der Arbeitslosigkeit in unserer eigenen Umgebung. Nichts eignet sich besser dazu, den Zorn normalerweise gutmütiger Menschen zu wecken, als der jähe Sturz in die Armut, derweil sie noch umgeben sind vom scheinbaren Reichtum anderer.

All diese Abweichungen und Risiken schwimmen wie Bakterien im Lebensblut der Freiheit. Ist die Freiheit also etwas Schlechtes, das man besser meidet? Natürlich nicht. Freiheit ist eine unentbehrliche Zutat im Leben einer ausgeglichenen Gemeinschaft – aber mit dem Luxus der Freiheit wächst die Verantwortung des Menschen ins Unermeßliche. Sie ist eine Form des Erwachsenseins: eine normale Entwicklung aus der Unterwürfigkeit des Klassenzimmers doktrinärer Regime.

In diesem Augenblick ist Italien ein vorzügliches Beispiel für die erwachsene Einschätzung der Verwüstungen durch einen Tumor, der in seinen Eingeweiden diagnostiziert wurde. Der Mann auf der Straße ist zu Recht empört über den Mißbrauch, der den Steuerzahler ärmer gemacht und den Privilegierten Nutzen gebracht hat, aber seine Haltung ist im allgemeinen rational und konstruktiv, und er hat einen ausgewogenen Instinkt für die Möglichkeiten des Guten wie des Bösen im Menschen.

Im größten Teil Osteuropas sind die Probleme inzwischen auf dem fundamentalsten Niveau angelangt: auf dem des Überlebens. Dies trägt nichts dazu bei, die geistige Verfassung derer zu verbessern, die auf jene Art von Reformen erpicht sind, die die Bürde des Lebens erleichtern, statt sie zu erschweren. Wie lange können die Menschen von Versprechungen als Ersatz für das tägliche Brot leben? Ist es ein Wunder, wenn in den Köpfen der Skeptiker der Wunsch erwacht, vergangene kommunistische Regime reinzuwaschen, sich ihrer zu erinnern als etwas, das wenigstens halbwegs funktionierte, und daher dem vorzuziehen ist, das anscheinend überhaupt nicht funktioniert?

Schon hat Litauen die Kommunisten wieder an die Macht gewählt. In Bulgarien, Rumänien, der Slowakei oder übrigens auch Jugoslawien waren sie nie ganz weg. Anderswo warten sie in den Kulissen. Diese Völker haben bereits in einer harten Schule einen Sinn für Verantwortung gegenüber der Gemeinschaft erworben. Wollen wir hoffen, daß sie, wenn die Freiheit endlich – unausweichlich – kommt, diesen Sinn nicht verlieren werden. Freiheit ohne Verantwortung ist die gefährlichste aller Drogen.

18. März 1993

RÜCKZUG VOR DER WIRKLICHKEIT

Hat man allwöchentlich eine Kolumne in einer angesehenen Wochenzeitung zu füllen, dann ist man versucht, sich auch auf persönliche Weise mit der allerneuesten Beleidigung gegen die Vernunft zu befassen, die einem brühheiß in den Schlagzeilen der Weltpresse serviert wird.

Wenn der gegenwärtige Trend sich fortsetzt, kann man sich die traurigen Gestalten der UN-Friedenstruppen vorstellen, klägliche Infanteristen aus Madagaskar oder Laos, die aus ihren weißen Kampfwagen hilflos zuschauen, wie französische Bauern in Boulogne Kartoffelpüree auf der Landstraße verstreichen oder wie tollwütige Fischer in Grimsby Tausende von Fischen mit Benzin überschütten. Diese Vorstellung ist zu schrecklich, zumal wenn das Gespenst des Hungers unablässig an irgendeinem Vorort menschlichen Lebens rumort.

An allen vier Enden der Erde herrscht das Gewehrfeuer – ob in den Straßen von Bombay oder in der Gegend von Texas, ob in den Wäldern Angolas oder im Schnee von Bosnien –, und man hat den Eindruck, daß die einzigen Leute, denen das Schießen ausdrücklich verboten ist, die Apostel der Gewaltlosigkeit sind: die UN-Friedenstruppen. Angesichts ihres unmöglichen Mandats könnte man sie beinahe besser als Kriegsbeobachter bezeichnen.

Wie diese Posse enden wird, kann man nur vermuten.

Daher mögen mir meine lieben Leser verzeihen, wenn ich mich in einem vorübergehenden Tempowechsel einigen eher winzigen Beobachtungen aus der Tretmühle des Daseins zuwende.

Zusammen mit einigen Kollegen bin ich mit einer sechsstündigen Fernsehserie über die Geschichte des Vatikans befaßt, ein faszinierendes Thema, das weit entfernt ist von den häßlichen Realitäten des modernen Lebens, gleichzeitig aber, kraft des Nebeneinanders von Menschen und Organisationen, voll von historischen Parallelen.

Unsere Forschungen begannen in Rom, haben uns seitdem durch ganz Norditalien geführt und werden sich nun nach Frankreich, Deutschland und in die Türkei richten. Ins mittelalterliche Italien einzutauchen, ist sicher eine Art Urlaub vom Aufruhr unserer Tage, obgleich man sich überraschenderweise den gleichen Irritationen ausgesetzt sieht, die auch jene gepeinigt haben müssen, die vor langer Zeit lebten.

So ist zum Beispiel der Sonntag im christlichen Kalender ein Tag, der der Ruhe vorbehalten ist. Aber man versuche einmal, nach einer anstrengenden Woche in Assisi lange zu schlafen. Die verfluchten Vögel, die den Hl. Franz so eifrig in theologisches Geplänkel zu verwickeln pflegten, sind heftig bei der Sache. Früh um halb fünf fangen sie an, und es ist ein Wunder, daß der Hl. Franz bei diesem derart ohrenbetäubenden Himmelschor überhaupt mal hin und wieder zu Worte kam.

Und wenn die Vögel verstummen, setzt im selben Augenblick Geläute ein, von kleinen Glöckchen in den Kapellen am Wegesrand bis zu einem machtvoll sonoren Dröhnen, das im Ohr vibrierende Reaktionen hervorruft.

Am Montag sind die Restaurants dann wieder geöffnet, und

in einem der führenden, das einen Tribut an den Hl. Franz im Namen trägt, gibt es Käfige mit Kanarienvögeln, die sich den ganzen Abend lang die kleine Lunge aus dem Leib schreien.

Zweifellos war es der Gang der Zivilisation, der sie in Käfige verbannt hat – ein trauriger Kommentar zum Gespräch des Heiligen mit der befreiten Natur.

In Europa gibt es die Neigung, alte Klöster, Burgen und sogar Gefängnisse durch phantasievolle Unternehmer in Hotels umwandeln zu lassen. An Rohmaterial dieser Art herrscht in Italien kein Mangel. Es ist sogar schon vorhersehbar, daß ein uraltes Erziehungsheim zu einem Luxushotel der Zukunft wird – mit einer Tafel, die stolz verkündet, das gesamte italienische Kabinett habe einst hier geschlafen. Von solchen Häusern gibt es etliche; in manchen lauert moderner Luxus zwischen den Antiquitäten, und andere sind bemüht, dem Gast ein authentisches Gefühl für mittelalterliche Unbequemlichkeiten zu vermitteln.

Wir wohnten in einem Haus, das der zweiten Kategorie angehörte. In meinem Zimmer gab es eine prachtvolle Tür mit undurchsichtigem Buntglas und einem Schlüssel, der eines Keuschheitsgürtels würdig gewesen wäre; wenn man sie öffnete, lag dahinter die Wand, und ihre Funktion war rein dekorativ. Von der Dusche ließ sich das gleiche nicht sagen; sie löste sich zur Gänze aus ihrer Halterung und fiel mir auf den Kopf, während ich die Augen voller Shampoo hatte. Ich muß ausgesehen haben wie Laokoon im Kampf mit den Schlangen, als ich mühsam versuchte, den Duschkopf zu fassen zu bekommen. Er glitschte aus meinen seifigen Händen, während Ströme von kochendheißem Wasser sich überallhin ergossen, nur nicht auf mein Haar. Das Bett war gewaltig, aber es war von tiefen Gräben durchzogen, die den Verdacht erweckten, daß etliche Kardinäle darin gestorben und vielleicht sogar aufgebahrt worden waren.

Eine kuriose Tatsache kommt zum Vorschein, da sich die Geschichte des Vatikans vor uns entfaltet. Die *cognoscenti* halten Toulouse-Lautrec und Bonnard für die ersten großen Maler, die kommerzielle Kunst mit ihrem Genie geadelt haben. Aber wir sehen, sie hatten ihre Vorläufer auf dem Gebiet der Werbung – nicht für ein kommerzielles Produkt, sondern für eine komplette Religion. Michelangelo, Raphael und Leonardo da Vinci waren lauter Auftragsarbeiter, die Madonnen mit Kind, Kreuzigungs-, Auferstehungs- und Verkündigungsszenen produzierten.

Um ehrlich zu sein: Nachdem ich Kathedralen und Kirchen besichtigt habe, die voll davon waren, erscheint mir die heidnische Kultiviertheit in der »Geburt der Venus« wie ein belebender Luftzug.

Jetzt sind wir in Avignon. Die Wandgemälde sind nach italienischen Maßstäben größtenteils alltäglich, aber das vorzügliche kleine Hotel La Mirande ermöglicht die Rückkehr zu diskretem Komfort und wunderbarer Gastronomie. Nach italienischer Abstinenz ist das Fernsehen wieder da. All die modernen Ikonen ebenfalls, von Cyrus Vance bis Slobodan Milosevic.

Was ist während unseres Rückzugs passiert? Offen gestanden nicht viel. Vielleicht haben die Italiener doch etwas für sich.

25. März 1993

»Okay, Leute, da kommt der Heilige Franz …
»Bei ›drei‹ höre ich Vogelgesang ohne Unterbrechung
bis zum Einsatz der Glocken.«

GLAUBE, ANGST UND PROPHEZEIUNG

Es gibt natürlich Ausnahmen. Die gibt es immer. Aber insgesamt ist die Religion im wesentlichen eine von Klima und Geographie beeinflußte Angelegenheit. Sich eine große katholische Prozession mit ihren extrovertierten Glaubenssymbolen – Pappmachéfiguren, verhüllten Büßern und goldenen Kruzifixen – nördlich des Polarkreises vor Augen zu führen, ist ebenso schwierig wie die Vorstellung, daß eine protestantische Predigt – gelassen und vertraulich – vor einem Meer von flackernden Kerzen und sich himmelwärts schwingenden Barock-Engeln in einem Mittelmeerland gehalten wird. Jede Religion ist in hohem Maße Spiegelbild einer Kultur und einer Lebenshaltung. Zuweilen, im Falle der Fundamentalisten etwa, gibt sie sogar vor, selbst eine komplette Lebenshaltung zu sein, aber in eher nüchternen Gesellschaften begnügt sie sich mit dem Dasein eines Gewürzes, das dem Dasein seinen speziellen Geschmack verleiht. Reist man, wie ich es getan habe, von Rom aus durch die Variationen der Abweichung zu Avignon und Wittenberg (wo ich mich zur Zeit befinde), dann spürt man diese Gezeitenwechsel besonders intensiv. Rom ist, wie so viele menschliche Manifestationen, die monolithisch wirken, tatsächlich eine prachtvolle Stadt mit einer mehr als schillernden Geschichte. Es hat Niederlagen, Besatzungen, Schändungen, aber auch Triumphe erlebt. Genug, um sich die Bezeichnung »ewig« zu verdienen.

Es ist immer noch da, lange nachdem der letzte Barbar abgezogen ist: ein Labyrinth aus heidnischen Ruinen und christlichen Tempeln, das einst ein – mitunter schwieriges – Amalgam aus zeitlicher und geistlicher Macht war, die lange vor Christi Geburt ihren Ursprung hatte. So wie das Jahr seine Jahreszeiten hat, hat Rom seine Dekadenz erlebt. Hochsommerlang haben Laster und Lüsternheit über die Stränge geschlagen, worauf dann ein tiefer Winterschlaf des Geistes folgte.

Zu Zeiten hatte es den Anschein, als enthielten die meisten Becher auch ein paar Tropfen Gift. Macht nichts. Oberhalb und jenseits der Peinlichkeit der Borgias (die schamlos Knaben zu Kardinälen ernannten und ihre Macht auf andere, absurde Weise mißbrauchten und Giordano Bruno und Savonarola aus Gründen auf dem Scheiterhaufen verbrannten, die uns heute, um es zurückhaltend zu sagen, eher wie Vorwände anmuten) hatte die Kirche stets eine Beständigkeit und Kontinuität an sich, die eindrucksvoll ist – die feste Entschlossenheit zu überleben.

Kaiser und Könige – heilig-römische wie französische – verloren oft die Geduld angesichts des kirchlichen Anspruchs auf geistliche Führung ohne die Mittel, diese Führung auch militärisch durchzusetzen. Philip Le Bel, König von Frankreich, ging sogar so weit, den Papst zu entführen, um ihm eine Lektion zu erteilen. Da der Papst alt war, starb er infolgedessen; das war die Lektion, die er lernte. Man war sich allgemein einig, daß der König zu weit gegangen sei, aber das Ergebnis seiner Aktion war die Einrichtung des unabhängigen Papsttums in Avignon, das über ein dreiviertel Jahrhundert Bestand hatte.

Bis auf einen waren alle Päpste in Avignon Provenzalen,

Männer aus der unmittelbaren Umgebung von Avignon, und sie lebten mit beträchtlichem Stil in ihrem Palast. Sie machten die Stadt während der Periode dieses Ersatz-Papsttums zu einem betriebsamen, neureichen Zentrum des Handels.

Die Hl. Katharina von Siena, eine Frau von unbeugsamer Kraft, half mit, einen neuen alten Papst nach Rom zu locken, und so gab es eine Zeitlang zwei Päpste – bis Avignon unter dem moralischen Gewicht seines ehrwürdigen Rivalen zur Aufgabe gezwungen war. Der päpstliche Palast von Avignon sieht heute kalt und abweisend aus, und das ist kein Wunder. Viele Jahre lang hat man ihn als Kaserne benutzt.

Napoleon führte die Tradition weltlicher Unverschämtheit fort, indem er sich vom Papst zum Kaiser krönen ließ, dem Pontifex die Krone ungeduldig aus der Hand nahm und sich selbst aufs Haupt setzte. Viele liberale Geister, die auf Napoleon, den Ersten Konsul, große Hoffnungen gesetzt hatten, waren angesichts dieser Kapitulation vor der Eitelkeit bitterlich enttäuscht. Einer davon war Beethoven, der die Widmung zur »Eroica« zerriß und durch einen kryptischen Satz ersetzte: »Zum Gedenken an einen großen Mann« – ein düsterer Epitaph auf die unmittelbare Vergangenheit eines noch Lebenden. Simón Bolívar, der bei der Krönung zugegen war, wandte der Prozession demonstrativ den Rücken zu.

Aber das war nur ein Kräuseln an der Oberfläche. Eine sehr viel größere Bedrohung gegen Roms Anspruch auf Universalität erwuchs zu Beginn des sechzehnten Jahrhunderts, als Martin Luther, ohne es zu wissen, die Reformation in Gang setzte, und zwar paradoxerweise dadurch, daß er den Papst beschuldigte, ein unvollkommener Katholik zu sein. Daraus folgt: Wäre der Papst in Luthers Augen ein vollkommener

Katholik gewesen, dann hätte es keine Reformation gegeben – zumindest nicht mit seinem Zutun.

Ein herausragender Gegenstand seiner Mißbilligung war die damals herrschende Sitte des Verkaufs von Ablässen: Die reicheren Sünder konnten sich numerierte Plätze im Himmel reservieren lassen, unter der Voraussetzung, daß sie die Kirche im voraus dafür bezahlten. Diese Praxis stand in Luthers katholischen Augen im Widerspruch zur christlichen Ethik, die in letzter Analyse eine Angelegenheit ausschließlich zwischen Gott und dem Individuum sei. Er nagelte seine berühmten fünfundneunzig Thesen an die Kirchtür und lud zu Diskussion und Korrespondenz ein. Sie sind prachtvoll objektiv und so streitbar, wie es seinem Charakter entsprach.

Nummer zwanzig lautet etwa: »Man soll die Christen lehren, daß die Ablässe des Papstes nützlich sind, sofern man nicht sein Vertrauen in sie setzt, im Gegenteil aber höchst gefährlich, verliert man durch sie seine Gottesfurcht.« Das Verlangen, keine Empörung zu provozieren, ist ersichtlich. Ob es erfolgreich ist oder nicht, hängt vom Standpunkt ab.

Wittenberg, eine Kleinstadt südwestlich von Berlin, war ein berühmter Sitz der Gelehrsamkeit, für seine Zeit von mächtigem Ausmaß. Die Universität, 1502 gegründet, war zu Luthers Blütezeit immer noch sehr jung. Er hatte hier einen Lehrstuhl für Moralphilosophie.

Der Ort wird im »Hamlet« erwähnt und war Schauplatz des legendären Paktes zwischen Dr. Faust und dem Teufel. Lucas Cranach, der Maler, der Luthers Porträt anfertigte, war als reichster Maler seiner Zeit bekannt, weil er mit Abstand der schnellste war. Und er war Bürgermeister von Wittenberg.

Nach Luthers Zeit ging es mit der Stadt bergab, und schließlich ging sie von Sachsen an Preußen über, und damit waren ihre Träume endgültig beendet. Die berühmte Universität wurde geschlossen und teilte das Schicksal das Papstpalastes zu Avignon, indem sie in eine Kaserne verwandelt wurde. 1935 geriet die Stadt noch einmal flackernd ins Auge der Öffentlichkeit, als eine große Sprengstoffabrik in die Luft flog, was ihr das weitschweifige Mitgefühl Hitlers eintrug. Und nach dem Krieg verschwand sie am grauen Busen Ostdeutschlands.

Heute steht sie ein bißchen so da wie ein Seevogel, der sich die Folgen der kurzen Begegnung mit einer Ölkatastrophe aus den Federn schüttelt. Noch hängen vage Spuren von Ruß in der Luft – jener Dunst, der uns alle zu peinigen pflegte und Osteuropa zum Teil noch immer durchdringt. Und doch haben in der kurzen Zeit seit dem Zusammenbruch der DDR schon greifbare Veränderungen stattgefunden, und sie sind beträchtlich. Zu essen gibt es reichlich, und die kulinarischen Künste werden meisterlich praktiziert. Trotz deprimierend hoher Arbeitslosigkeit scheinen alle still beschäftigt zu sein. Alte Gebäude werden restauriert, neue errichtet.

Aber ist die Stadt in irgendeiner Weise ein Gegengewicht zu Rom? Als Gegensatz, ja. Sie ist kein majestätischer Ort, keine Stätte der Zurschaustellung frommer Erfolge – aber das war auch nie ihre Mission. Erhob Luther nicht Einwände gegen die Kosten für die Basilika St. Peter in Rom, die teilweise mit diesen berüchtigten Ablässen bestritten wurden? Wittenberg ist ein Ort der Sparsamkeit, der finanziellen und moralischen Buchführung.

Es ist gemütlich in Luthers Zimmer im Augustinerkloster, einem getäfelten Raum, der von einem viereckigen Tisch beherrscht wird. Hier hat er gesessen mit seiner Frau, einer abtrünnigen Nonne, und den Hochzeitsgästen, von denen die meisten wie er selbst zum Tode verurteilt waren. Sie waren weit genug von Rom entfernt, um nicht auf dem Scheiterhaufen zu landen, aber doch immer noch nah genug, um wegen ihres Mutes bemerkenswert zu sein. Heute sind diese uralten Streitigkeiten von einem Lächeln umkränzt, in Rom und Wittenberg zumindest. Beiden gemeinsam ist der gute Wille und der aufwärts gewandte Blick. Der Rest ist Geschichte.

1. April 1993

Verflixt, jetzt ist mir noch eine 96. These eingefallen.

HEFTIG SCHLÄGT DER KOMPASS AUS

Und so haben die Franzosen nun massenhaft rechts gewählt. Es sieht nach einer gewaltigen Veränderung aus, aber wird sie auch stattfinden? War denn die scheidende französische Regierung wirklich links? Ist die spanische Regierung, die an Popularität verloren hat, seit sie an der Macht ist – wie es alle Regierungen ungeachtet ihrer Tendenz unweigerlich tun –, eine Regierung mit den Eigenschaften des Sozialismus? Steht Ihrer Majestät Opposition in Großbritannien so weit links, wie ihre Verleumder es immer behaupten? Was ist Jelzins Position in einem Land, wo die Kommunisten Konservative sind und diejenigen, die an die Freiheit des Individuums glauben, ein Äquivalent der radikalen Linken darstellen?

Die Fragen sind endlos. Eine der wenigen klaren Tatsachen, die sich aus einer Welt erhebt, die besser informiert ist, als für sie oder zumindest für ihren Seelenfrieden gut ist, ist die, daß die Öffentlichkeit nach Jahrzehnten der Katastrophen nicht mehr bereit ist, noch zu glauben, daß Politiker wenigstens halbwegs kompetent sind.

Das Ergebnis – und die Politiker betrachten es ebenso bang wie Rockstars ihre Hitparade – ist ein gefährlicher Rückgang der Zahl derer, die noch ihre Stimme abgeben.

Manche Länder, Belgien und Australien zum Beispiel, versuchen diese Möglichkeit durch unverhohlen undemokratische Mittel zu unterdrücken, indem sie ihre Bürger zum

Wählen zwingen. Bei allem schuldigen Respekt gegenüber diesen Ländern, die in mancher Hinsicht vorbildlich in ihrer Toleranz und ihrem Streben nach Freiheit sind: Dies ist eine weder konstruktive noch faire Lösung des Problems zunehmender öffentlicher Gleichgültigkeit.

Das Nichtwählen ist nicht unbedingt ein Zeichen für Faulheit und ein Mangel an Bürgersinn. Es kann auch eine Meinungsäußerung sein. Und als solche verdient es den Respekt, den auch die Stimmabgabe für einen Kandidaten erhält.

Was hat die gegenwärtige Lage denn an sich, das die Öffentlichkeit zu solcher vorsätzlichen Zurückhaltung verführt? Durchaus möglich, daß es die enormen Fernsehsendezeiten sind, die der politischen Diskussion zur Verfügung gestellt werden, Programme, in denen Politiker einander gegenübertreten oder sich von Journalisten bzw. ausgewählten Vertretern der Öffentlichkeit bohrende Fragen stellen lassen, bei denen diverse, gutgeölte Techniken zur Vermeidung direkter Antworten oder zum Erheben von Gegenvorwürfen in anödender Weise zutage treten. Womöglich aber besteht der eigentliche Grund darin, daß die politischen Grenzen zwischen den bestehenden Parteien inzwischen bis zur Unkenntlichkeit verwischt sind. Dies wiederum geht zurück auf die verminderte Vielfalt der Möglichkeiten in einer Zukunft, beherrscht von der Notwendigkeit des wirtschaftlichen Überlebens und der Koexistenz auf einem Planeten, der so sehr zusammengeschrumpft ist, daß jedes Land virtuell mit allen anderen benachbart ist.

Der Grund für die zeitweilige Verfinsterung dessen, was weithin als Sozialismus bekannt ist, besteht ohne Zweifel darin, daß Idealismus zu einem Wort geworden ist, das man mit finanziellem Mißmanagement und hoffnungsloser Zentralisierung verbindet. In Wahrheit ist finanzielles Chaos durchaus auch ohne die Bürde des Idealismus möglich. Privatisierung ist nicht in allen Fällen die Antwort auf die Beschränkungen der Staatsindustrie. Bürokratie wird weder durch Regierungen geschaffen noch durch Privatisierung beendet. Sie wird durch Größe in Gang gesetzt, und zwar allein durch Größe, und sie existiert überall, wo wir es mit ungewöhnlich umfangreichen Verwaltungen zu tun haben und wo die Möglichkeit menschlicher Dimensionen fehlt. Größe fördert Verschlafenheit und Gleichgültigkeit, ob es sich nun um ein so gigantisches Reich wie die ehemalige Sowjetunion handelt oder um einen gewaltigen Konzern wie General Motors.

Gleichwohl ist es eigenartig, daß der Kommunismus, der einmal so modern und utopisch erschien, so rapide altern konnte. Zugegeben, als er noch als etablierte Macht existierte und – auf der unheimlichsten Ebene, nämlich auf dem Gebiet der Atomwaffen oder in den Weiten des Weltalls – in unmittelbarer Konkurrenz zum industrialisierten Westen agierte, da gelang es ihm, für einige Zeit in Führung zu bleiben. Aber auf dem sehr viel wichtigeren Level des Alltagslebens blieb er weit zurück, nicht nur in seinen Leistungen, sondern sogar in seinen Träumen.

Albanien, vor zwanzig Jahren noch das kommunistischste aller Länder, in ständigem Streit mit den Russen über Fragen der Orthodoxie und nachher mit den Chinesen aus den gleichen Gründen, stand plötzlich allein in seiner elenden Unbeweglichkeit, ganz außerstande, sich irgend etwas vorzustellen, das außerhalb der Reichweite der eigenen Briefmarken lag, auf denen eine Dampflokomotive zu sehen war, die ihre Waggons unter einem Dach aus Qualm durch eine nebulöse Landschaft zog, oder ein Dampfschiff, das seinen Dreck in die Luft rülpste, während es dem offenen Meer entgegenstrebte, und ein Arbeiter, der winkend auf einem vorsintflutlichen Traktor mit unübersehbarer Anlasserkurbel saß.

Der Fortschritt hat den Kommunismus besiegt – nicht bloß der technische, sondern auch der gesellschaftliche Fortschritt: die Entwicklung von Intelligenz und Selbstachtung bei den gewöhnlichen Menschen, allen Einflüssen und Windmachereien zum Trotz, denen sie ausgesetzt sind, und ganz gleich, unter welchem Regime sie leben.

Heute haben die konventionellen Kompaßrichtungen Links und Rechts ihre Bedeutung weitgehend verloren. Landadel und kolossale Erbvermögen gibt es immer weniger, während eine reichhaltige Brut von Gaunern und Betrügern an deren Stelle getreten ist. Die prächtigsten Autos werden nicht mehr von Herzögen oder Chauffeuren gesteuert, sondern von Männern, denen der Reichtum so ungewohnt ist, daß er sichtbar sein muß. Was die Arbeiterklasse angeht, so ist sie nur noch Realität in den Veteranenreden der sozialistischen Führer mit Erinnerungen, die länger zurückreichen, als gut für sie ist. Die Arbeiterklasse wurde durch die Arbeitslosen ersetzt, und die sind einstweilen noch klassenlos.

Die Situation, mit der wir es zu tun haben, ist nicht besser und nicht schlechter als das, was vorausging; sie ist nur anders. Und weil sie anders ist, kann man sie nicht mit den Maßstäben der Vergangenheit messen.

Die Franzosen glauben, sie hätten massenhaft für die Rechte – oder gegen die Linke – gewählt. Und doch, bei dem feierlichen und doch herzlichen Händedruck zur Amtsübergabe zwischen dem scheidenden Premierminister Bérégovoy* und dem neuen Premierminister Balladur war Bérégovoy derjenige, der breit grinste, und Balladur der, dessen Lächeln schmal und verkniffen aussah.

Sie sind beide erfahren genug, um zu wissen, daß es nach dem Augenblick des Sieges nur einen Weg gibt, nämlich – wenn auch nur allmählich – bergab, denn die Öffentlichkeit wird derselben alten Gesichter und derselben Phrasen irgendwann müde.

Was die Opposition angeht, die frei ist von den verdrießlichen Regierungsgeschäften, so kann sie auf dem langsamen und langwierigen Aufstieg zur Macht wieder Idealen nachhängen: als Fata Morgana so verlockend, als Realität so finster.

8. April 1993

* Monsieur Bérégovoy nahm sich kurz nach der Amtsübergabe das Leben.

EINZIGARTIGE HILFE FÜR VIELFÄLTIGES LEID

Dies ist ein Bericht aus dem Vorzimmer. Der gespenstische Konflikt in Bosnien, so tragisch und zugleich so absurd, geht ohne einen Funken Menschlichkeit immer weiter. Hochtechnologie demonstriert rund um die Uhr ihre Fähigkeiten am Himmel, während Offiziere aus einem anderen Zeitalter zwischen den Orten, an denen sie ihre Befehle zum Vergewaltigen und Bombardieren erteilen, hin und her marschieren. Und sie sitzen an Konferenztischen herum und debattieren über Waffenstillstandsvereinbarungen, ohne je die Absicht zu haben, sie einzuhalten.

Anscheinend sind alle sich darin einig, daß der komplizierte Plan, den Lord Owen und Cyrus Vance ausgeheckt haben, alles andere als vollkommen ist, aber sie fügen dann hinzu, er sei immerhin besser als gar nichts. Stimmt das denn?

Wenn er gegenüber der Lösung von 1918 keine Verbesserung enthält, dann wird er keine dauerhafte Regelung für ein altes Problem bringen, sondern lediglich das Signal für die Wiederaufnahme der Barbarei, sobald die Friedenssicherer weg sind.

Bis dahin kann es kaum einen Bestimmungsort geben, der frustrierender wäre als der eines Mitglieds der UN-Friedenstruppen. Ihre Tapferkeit und ihr Mut werden durch die aufgezwungene Zurückhaltung selbst unter den aufreizendsten Provokationen gröbsten Prüfungen unterzogen.

Ich habe gesagt, dies sei ein Bericht aus dem Vorzimmer. Der Dirigent Georg Solti und die slowenische Mezzosopransängerin Marjana Lipovsek haben am Ostersonntag im Rahmen der Salzburger Festspiele ein Benefizkonzert für Bosnien veranstaltet. Sie haben mich gebeten, das Konzert zu moderieren, was immer das bedeutet, und ich habe geehrt zugesagt.

Während des österlichen Exodus fuhr ich von München aus nach Salzburg. Im Verkehr sah ich ein schreckliches Vehikel, einen Bus, der einmal weiß gewesen, jetzt aber zernarbt und von Rost und Dreck bedeckt war. Die Räder schlackerten halsbrecherisch, während sie sich an Achsen drehten, aus denen nach Art der Königin Boadicea lange Metallstangen ragten.

Kaum erkennbar auf den Flanken standen Schriftzüge im ultramodernen Stil der dreißiger Jahre: *Srebrenica Ekspres*. Der Bus war leer und fuhr wahrscheinlich zurück, um neue Flüchtlinge zu holen. Mir wurde klar, daß Österreich das Vorzimmer am Rande dieser Ungeheuerlichkeiten ist, ein Hafen der zivilisierten Werte mit seiner tiefen Besorgnis um die ehemalige Provinz.

In jenen Tagen gab es einen Katalysatoren, den Erzherzog Franz Ferdinand, dessen Ermordung in Sarajewo im Jahr 1914 den Ersten Weltkrieg auslöste. In unserer Zeit zielt die Artillerie vorzugsweise nicht auf den Sproß eines Königshauses, sondern auf das Volk insgesamt.

Und die Großmächte, denen der Erste Weltkrieg noch im Gedächtnis ist, hüten sich, in balkanische Meinungsunterschiede verwickelt zu werden. Statt dessen demonstrieren sie ihre technologische Überlegenheit in dem Glauben, daß solche Überschall-Arabesken am Himmel Leute beeindrucken, die wissen, daß keine der impliziten Drohungen jemals ausgeführt werden wird – es sei denn, es handelte sich um einen Fauxpas von solchem Ausmaß, daß eine Strafaktion unumgänglich wäre.

Eine bemerkenswerte Frau in Österreich, die Psychotherapeutin Karolin Wendt, hat beschlossen, die Sache selbst in die Hand zu nehmen und die Hilfe nach Bosnien hineinzutragen. Das österreichische Außenministerium warnte vor Fahrten ins Kriegsgebiet, aber sie unternahm sie trotzdem. Heute hat sie sich in Zenica niedergelassen, einer bosnischen Stadt, deren Bevölkerung normalerweise 85 000 Einwohner zählt, jetzt aber durch den Flüchtlingszustrom auf über 200 000 angeschwollen ist.

Sie versucht, den psychischen Schaden zu reparieren, der infolge eines körperlichen Schadens, etwa einer Amputation, erlitten wird. Sie hat eine Klinik für Kinder, die infolge eines traumatischen Erlebnisses stumm sind, etwa weil sie gezwungen waren, die Vergewaltigung ihrer Mutter mitanzusehen. Ihre Initiative heißt »Hilfe und Freude«. Und es gibt andere, wie »Nachbarn in Not«, ganz zu schweigen von »Handel für Hilfe«, der Idee eines jungen Schweden, den ich neben seinem weißen, vom österreichischen Heer erworbenen Dreiachser stehen sah, als er sich auf die Rückfahrt ins Kriegsgebiet vorbereitete, vollbeladen mit Versorgungsgütern und erfindungsreichen Ideen zur konstruktiven Beschäftigung der Köpfe. Sein Kapital besteht aus einem Dispokredit und grenzenlosem Optimismus. Es ist wundervoll, daß es solche Menschen gibt zu einer Zeit, da von Individuen mehr und mehr und von Organisationen immer weniger erwartet wird. Eine

Ausnahme bildet die vorzügliche Berliner Philharmonie, die nicht nur ohne Honorar für dieses beste aller Anliegen spielte, sondern auch noch die beträchtlichen Einnahmen aus einer Eurovisionssendung mit siebzehn angeschlossenen Ländern spendete.

Natürlich taten die Solisten und die Dirigenten Solti und Claudio Abbado das gleiche. Aber kann man nicht noch mehr tun?

Was immer es ist, es hätte längst getan werden müssen. Es ist merkwürdig, sich daran zu erinnern, daß in blutrünstigeren Zeiten vor einem halben Jahrhundert die Standardfrage an mutmaßliche Pazifisten bei den Kriegsdienstverweigerungsverhandlungen lautete: »Wie würden Sie reagieren, wenn sie mitansehen müßten, wie Ihre Schwester vom Feind vergewaltigt wird?« In jenen galanten Zeiten nahm man an, daß der Feind zumindest so geschmackvoll sein werde, nicht die Mutter zu vergewaltigen. Wie würde man heute darauf antworten?

Vielleicht so: Reichen Sie beim nächsten UN-Stützpunkt Beschwerde ein, und während sie auf Anweisungen warten, überzeugen Sie Ihre Schwester davon, im Angesicht der täglichen Überflüge Mut zu fassen.

22. April 1993

MANCHMAL IST MAN BESSER BLIND

Ein Sportliebhaber wird augenblicklich erkennen, wie wichtig es ist, Initiative zu ergreifen. Jeder sportliche Wettkampf ist ein Kampf um das höhergelegene Terrain, die imaginärgeographische Gegend, die einen Konkurrenten oder eine Mannschaft dominieren und den Gegner kapitulieren oder zumindest nur noch reagieren läßt.

Diese Wahrheit wird komplizierter durch den Faktor der Ausdauer oder die physische Unmöglichkeit, die Initiative länger zu behalten, als es physikalische oder moralische Bedingungen diktieren, was bedeutet, daß bei würdiger Gegnerschaft jener Wettkämpfer, der gerade die Initiative in der Hand hat, sich ständig besorgt fragen muß, ob er sie nicht etwa zu früh ergriffen habe, um den Sieg zu erringen.

In den düsteren Seiten, die von menschlichen Konflikten berichten, finden wir zahlreiche Beispiele für die, die erkannt haben, daß Initiative eine entscheidende Bedingung zum Erfolg ist. Nelson wußte genau, in welchem Augenblick – wenn auch mit nicht eben orthodoxen Methoden – die Initiative ergriffen werden mußte, um sich von der toten Hand derer zu befreien, die sich Befehlen von oben oder der *Force majeure* unterwerfen.

Admiral Hyde Parker, der weder dem grünen Erholungsgebiet in London noch irgend etwas anderem seinen Namen gegeben hat, der aber zufällig Nelsons unmittelbarer Vorgesetzter war, signalisierte mittels Fahnen in den Toppen, es sei sein Wunsch, die Flotte aus den Gewässern vor Kopenhagen abzuziehen. Als dieser Befehl Nelson zur Kenntnis gebracht wurde, soll er das Teleskop an sein blindes Auge gehoben und gesagt haben: »Ich sehe kein Signal.« Und dann gewann er die Schlacht von Kopenhagen. Freilich, hätte er die Schlacht verloren, wäre er auf alle Fälle vor dem Kriegsgericht gelandet; so aber war die Admiralität bereit, über seinen Ungehorsam hinwegzusehen. Man muß hinzufügen, daß Nelson gegenüber anderen Einzelgängern zwei Vorteile hatte. Der erste ist, daß er es sich zur Gewohnheit machte zu siegen, und der zweite: Nicht jeder hat nur ein Auge.

Und nun der Fall des Generals Morillon, des französischen Kommandanten der UN-Friedenstruppen in Bosnien-Herzegowina. Hier sieht ein Offizier sich einer Aufgabe gegenüber, die zweimal so schwierig ist wie die, mit der Nelson es zu tun hatte. Der mußte schließlich nur gewinnen oder, im schlimmsten Fall, nicht verlieren. General Morillons Mandat besteht darin, weder das eine noch das andere zu tun, sondern einfach nur da zu sein – als Kommandant einer symbolischen Streitmacht, die unter einer zweifachen Belastung ihre Moral aufrechterhalten muß: unter aufgezwungener Impotenz und als Beobachterin schrecklicher Freveltaten.

Er sieht aus wie ein gestrandeter Commander Cousteau, und mühelos liest man in seinem zerfurchten Gesicht die Tiefe seiner Besorgnis. Er gehört zu denen, die Initiative ergreifen, im Unterschied zu der langweiligen Mehrheit derer, die sich damit begnügen, auf die Ereignisse zu reagieren, mit denen sie konfrontiert werden. Er entfernte sich für eine Weile von seinem Kommandoposten und verschwand in der mißhandelten Stadt Srebrenica, und auf diese Weise entriß er den bosnischen Serben die Initiative, obwohl jene bis dahin ein mühelos aufrechterhaltenes Monopol darauf zu haben glaubten. Bewaffnet war er nur mit seiner moralischen Autorität, und sein Zeuge war die Welt. Eine Zeitlang sah es so aus, als hätten die Schießfreudigen und Gewissenlosen in dieser einsamen Gestalt mit der sanften Redeweise einen mehr als ebenbürtigen Gegner gefunden. Aber es war zu schön, um lange zu währen.

Gerüchte machten die Runde, und Widerspruch erhob sich, als man die Unpopularität bestimmter Fakten sah. Es hieß, man werde ihn bald ablösen. Die UNO fügte hinzu, ein solcher Wechsel sei eine rein französische Angelegenheit. Die Franzosen redeten von routinemäßigen Veränderungen. Monsieur Léotard, der neue französische Verteidigungsminister, besuchte Bosnien im khakifarbenen Kampfanzug. Was immer nun das Ergebnis sein mag, die westlichen Alliierten haben erfolgreich einen willkommenen Durchbruch zu einer neuen Dimension in der Debatte neutralisiert und den besorgten Zuschauer zu dem gleichen endlosen Alptraum verdammt, der schon vorher im Gange war.

Unterdessen wird Ex-Präsident Bush in Kuwait hingerissen empfangen, und so ist es auch richtig. Ob jener Krieg gerecht oder auch nur gerechtfertigt war, ist für viele immer noch eine offene Frage, so geschickt hantierte man damals mit der Presse und so schmeichlerisch bediente man sich des Weltsicherheitsrates, um Einstimmigkeit zu erzielen.

In jenen Tagen lehrte man uns Blutrünstigkeit mit Hilfe der Demonstrationen blanker Effizienz: Brücken wurden bombardiert, und atemlose Piloten erstatteten bescheiden, ja sogar charmant Bericht über ihre direkten Treffer. Die Fehlschüsse kamen erst später ans Licht. In Bosnien gibt es nur Fehlschüsse. Dahin ist die alberne Ekstase der Schlacht. Kein freundlicher amerikanischer General führt uns Schritt für Schritt durch diesen Feldzug. Ja, es gibt überhaupt keinen Feldzug. Es gibt nur Chaos, unterbrochen hin und wieder von perplexen UNO-Soldaten, die vor verirrten Kugeln in Deckung gehen und dorthin marschieren, wo es ihnen erlaubt wird.

Und alle die, die früher so erpicht darauf waren, die Flagge oder wenigstens das Scheckbuch zu schwenken, sind jetzt erfüllt von frommen Beschwichtigungen. Wenn Lady Thatcher im Oberhaus noch einmal die Stimme erhebt und Gedanken zum Ausdruck bringt, die für Europäer mit einem Interesse an der Zukunft des Kontinents nur peinlich sein können, stürzt sich Mr. Malcolm Rifkind auf wenig elegante Weise mit dem Gehabe einer empörten Henne auf sie.

Morillon und Thatcher sind zwei Leute, die – richtig oder falsch – für sich selbst denken. Mit anderen Worten, sie gehören zu denen, die eine Gelegenheit zur Initiative erkennen, wenn sie sie sehen, und nicht den Mut entbehren, anders zu sein, wenn die öffentliche Meinung ins Schwimmen gerät und gefährlichen Strömungen zum Opfer fällt. Sie haben nichts zu lernen von den Rifkinds und den Léotards dieser Welt, die es in ihrem Streben nach Größe einstweilen nur zu grauer Unscheinbarkeit gebracht haben.

Schwierigen Zeiten zum Trotz hätte Europa in Ex-Jugoslawien schon vor langer Zeit die Initiative ergreifen sollen. Jetzt ist es viel zu spät, aber auch extrem dringend. Viele Tränen sind geflossen. Es wird nicht ohne noch mehr Tränen zu

Ende gehen. Nicht, weil wir tollkühn, sondern weil wir so zaghaft sind.

29. April 1993

Die militärische Option damals und heute

Feuer! *Deckung …*

GUT FÜR EINEN APPARATSCHIK

Chemnitz ist kaum ein Name, mit dem sich außerhalb Deutschlands viel heraufbeschwören läßt. Als es die DDR noch gab, hieß es Karl-Marx-Stadt. Es war einer der ersten Akte nach der Einigung, diesem im Krieg wie das achtzig Kilometer entfernt gelegene Dresden durch Luftangriffe schwer verwüsteten Zentrum von Textil- und anderen Industrien seinen ursprünglichen Namen wiederzugeben.

In Chemnitz wurde die Marx-Statue nach dem Fall der Berliner Mauer nicht von ihrem Sockel gestürzt, damit sie Stalin, Lenin und anderen real-sozialistischen Größen auf der Müllkippe Gesellschaft leiste. Das lag daran, daß seine bärtigen Wangen und seine Löwenmähne bereits auf dem Gehweg ruhten: ein schwarzer Engel, der vorausschauend genug gewesen war, schon vor den Unruhen auf unser Niveau herabzustürzen. Ich habe nie lange genug davor verweilt, um herauszufinden, ob das mächtige Bildnis aus Bronze oder aus Granit ist. Ich weiß nur, daß ich gleich dahinter links abbiegen muß, um zu meinem Hotel zu kommen.

Aber was suche ich überhaupt in Chemnitz? Nun, Dresden, eine Stadt, die sich nach den abscheulichen Kriegszerstörungen im vollen Wiederaufbau befindet, ist verständlicherweise eifrig daran interessiert, sich als großes kulturelles Zentrum einen Platz auf der Landkarte zu sichern. Für das erste Festival nach seiner Wiedergeburt hat es nach lokalen

Partnern gesucht, um die Kosten zu verteilen. Chemnitz, eine Gemeinde ohne großen internationalen Ehrgeiz, war ein naheliegender Partner, denn das benachbarte Leipzig ist zu sehr Konkurrent.

Oberflächlich betrachtet, hat Chemnitz wenig zu bieten. Was Arbeitslosigkeit und Kapitalmangel angeht, ist die Stadt nicht besser und nicht schlechter dran als andere. Kulturelle Werte aber stehen hier in hohem Ansehen. Die äußere Hülle des alten Opernhauses hat die Luftangriffe überstanden, aber innen ist alles neu. Das Orchester, die Robert-Schumann-Philharmonie, spielt in einer entzückenden neuen Konzerthalle, fungiert auch als Opernorchester und ist von bester Qualität.

So viel wurde in der westlichen Presse über das einförmige, nie wiedergutzumachende Elend des Ostens geschrieben, daß es nicht schwerfällt, jede Behauptung zu glauben, und ich muß sagen, ich war bei meiner Ankunft durch das Gelesene gründlich indoktriniert. Das heißt, bis ich vor dem Hotel einen nagelneuen gelben Ferrari stehen sah. Er hatte eine Chemnitzer Nummer. Ich fragte einen Einheimischen: Wer konnte sich in einer Stadt voll stinkender Zweitakt-Trabbis einen solchen Wagen leisten? »Oh«, lautete die Antwort, »das muß einer unserer neuen Reichen sein.«

Die Stadt erholt sich beinahe zusehends, aber alte Gewohnheiten sind schwer auszurotten. Viele Leute in jugendlichem bis mittlerem Alter sprechen Russisch, denn es wurde in der Schule als zweite Sprache gelehrt. Die beiden Opern, die ich für das Dresdener Festival einstudiere, sind russisch, und die Sänger kommen großenteils vom Bolschoi-Theater und aus anderen russischen Opernhäusern. Einige von ihnen leben noch in Rußland, andere haben in so entlegenen Häfen wie Massachusetts Zuflucht gefunden.

Die Arbeit mit diesen Künstlern ist ebenso lohnend wie unterhaltsam. Meist muß man ihre Energie und Tatkraft eher im Zaum halten als inspirieren, aber sie alle brennen auf neue Erfahrungen und besitzen eine ungeheure technische Begabung.

In diesem Zusamenhang erinnere ich mich an die Begegnung mit einem älteren ostdeutschen Ehepaar in Salzburg; die beiden waren zum erstenmal außerhalb ihrer Heimat auf einer Busreise. Sie bestaunten die reiche Vielfalt in den österreichischen Geschäften, die Sauberkeit der Straßen, die blanke Effizienz allenthalben. Sie vermißten nur das, was sie als eine gewisse menschliche Wärme bezeichneten. Unbestreitbar hat in Weltgegenden, in denen das Leben hart gewesen ist, die Freundschaft notwendigerweise andere Dimensionen.

Die »menschliche Wärme« war ein Ausgleich für eine Fülle von Nachteilen, ja Dummheiten. Das Hotel, von dem ich spreche, ist vielleicht ein Symbol des Vorhergegangenen. Es ist ein massiger Steinbau, 1930 entworfen vom berühmten Dessauer Bauhaus, aus dem so viele berühmte Architekten hervorgegangen sind, und vor einem halben Jahrhundert war es ein Vorbild an funktionaler Schönheit. Noch immer ist es ein äußerst angenehmes Gebäude, seine Schönheit wird aber beeinträchtigt durch die eigenartigen Luxusvorstellungen, die die Phantasie von Apparatschiks gereizt haben müssen. Auf jedem Kopfkissen liegt eine Botschaft vom neuen Besitzer, Herrn Günnewig, der sich dafür entschuldigt, daß er immer noch auf die Genehmigung zu Modernisierungsarbeiten warte, und den Gast um Nachsicht bittet.

Dieser Herr Günnewig ist eine gewinnende Persönlichkeit. Er besitzt an die zweiundzwanzig Hotels und Restaurants, vorwiegend am Rhein, und er hat dieses architektonische Wahrzeichen nur erworben, um sich sogleich daran gehindert zu sehen, Erneuerungsarbeiten vorzunehmen. Hartnäckig hat er beschlossen, in Chemnitz zu bleiben, bis die Situation gerichtliche Klärung gefunden hat. Sollte seine Klage scheitern, ist dieses ausgezeichnete Hotel in Gefahr, ein historisches Denkmal ganz anderer Art zu werden.

Mein Bett ist aus wuchtiger, massiver Eiche mit gläsernen Einlegearbeiten im Kopfteil. Nachttisch und Fußende sind mit blauen Blasen und blauen Glassplittern geschmückt, die aussehen wie Bergkristalle. Die Beleuchtung ist indirekt und matt und kommt von flackernden Leuchtröhren, die sich entweder dicht unter der Decke oder dicht über dem Teppich befinden. Das Motiv der Blasen und Kristalle setzt sich im Badezimmer fort, aber das düstere Licht müht sich hier, vermutlich wegen der Nähe zum Wasser, aus Bullaugen. Unter solchen Bedingungen ist es extrem schwierig, sich erfolgreich zu rasieren.

Im Wohnzimmer umgibt ein Sofa den gewaltigen Tisch zu drei Seiten; es ist massig genug, um seine Inspiration von den Maharadscha-Thronen zu beziehen, die bei Staatsempfängen auf Elefanten festgezurrt wurden. Es hätte mehrere Elefanten erfordert, dieses Sofa zu bewegen, und acht von Herrn Honeckers Busenfreunden hätten darauf Platz gefunden, ein jeder vom anderen getrennt durch röhrenförmige Armlehnen, so hart wie Säcke voller Wackersteine.

Und während ich am Abend allein vor dem Fernseher sitze, spüre ich, daß es hier gewesen sein muß, wo die führenden

Genossen hinter schützenden Palisaden aus Sprudelwasser und Bonbonnieren hingerissen die Augen schlossen und wußten, wer überhaupt hier sein durfte, der hatte es *geschafft*.

Ich wünsche Herrn Günnewig viel Glück bei seiner Klage, aber wenn er gewinnt, werde ich die wunderbare Absurdität dieses Zimmers vermissen. Er verdient das letzte Wort: »Wenn diese Leute das Neue akzeptieren, das wir ihnen bringen, ohne zu verlieren, was sie schon haben, dann werden sie unweigerlich hoch hinausgelangen.«

6. Mai 1993

ALTE MÄNNER, JUNGER GEIST

Die Nachrichten diese Woche waren schrecklich. Beherrschend waren die trostlosen Geschehnisse in Bosnien, während hier in Deutschland ein Streik begann, dessen Ziele wie das Echo von Lösungen erscheinen, die anderswo längst verworfen wurden. Wie konnte diese Bastion der Stabilität es je über sich bringen, den gewaltigen Schritt rückwärts ins unstete Reich der Arbeitskämpfe zu tun?

In dieser im ganzen bedrückenden Stimmung beschloß ich, die Tendenzen des Tages ausnahmsweise zu ignorieren und ein paar optimistische Anmerkungen über den wunderlichen Prozeß des Altwerdens zu schreiben.

Oberflächlich betrachtet, scheint dieses Thema zur Analyse der gegenwärtigen Rezession wenig geeignet zu sein, aber es spricht doch das eine oder andere dafür. Es wäre ja unfair, betrachtete man das Altern ausschließlich als ein Nachlassen der Fähigkeiten, das schließlich in der dauerhaften Bewegungslosigkeit gipfelt, die zu erwarten uns die Erfahrung unserer Vorfahren veranlaßt.

Ein bei all dem ganz unerwarteter Gewinn ist die langsame Erkenntnis, daß die menschliche Seele durchaus unsterblich sein könnte, selbst wenn der menschliche Körper unterdessen beginnt, sich in die unübersehbare Sterblichkeit zu fügen. Es ist keine große religiöse Erweckung vonnöten, um zu dieser angenehmen Schlußfolgerung zu gelangen, sondern nur die Erkenntnis, daß dieser Körper, in dem wir da festsitzen und den wir uns zu Beginn nicht ausgesucht haben, sein Leben als *Fait accompli* begann.

Allmählich aber macht er sich daran, die Eigenschaften eines Mietwagens zu entwickeln: Er steht uns zur Verfügung, aber er ist wie alles andere dem Lauf der Zeiten unterworfen und somit von langsam abnehmender Funktionalität. Man muß immer vorsichtiger damit fahren.

Und was hat die menschliche Seele damit zu tun? Ah, sie ist der Teil von uns, der nicht altert; sie bewahrt sich den Geist der Blütezeit, selbst wenn ihre Anweisungen ungehört verhallen. So war zum Beispiel das Tennisspiel eine der Freuden meines Daseins. Heute kann ich nicht mehr darauf vertrauen, daß meine Beine mich schnell genug in die Richtung des Balles befördern, aber das beeinträchtigt in keiner Weise meine Fähigkeit, geistig zu würdigen, was sich abspielt, wenn ich anderen beim Spielen zuschaue.

Im Gegenteil, meine theoretische Kompetenz ist viel profunder als früher, so daß ich es nun voraussehen kann, wenn bestimmte Schläge die Katastrophe bedeuten, und ich applaudiere um so inbrünstiger, wenn sich die Niederlage durch einen Geniestreich in einen unerwarteten Erfolg verwandelt. Mit anderen Worten, ich bin alt genug, um ein Experte zu sein, einer aus jenem Bataillon langweiliger alter Knacker, die den Sport mit ihren häufig falschen Entscheidungen beherrschen.

Vor einiger Zeit äußerte man die Vermutung, ich wäre vielleicht gern Linienrichter in Wimbledon. »Wir brauchen jemanden mit Ihrem Enthusiasmus«, hieß es. Ich entschuldigte mich; ich sei von dem Angebot geschmeichelt, bäte sie aber, es zu erneuern, wenn sich mein Augenlicht endlich so weit verschlechtert habe, daß ich falsche Entscheidungen mit absoluter Überzeugung zu treffen vermöchte. Für den Fall, daß diese Kolumne von denen gelesen wird, die jene Einladung aussprachen, teile ich ihnen hierdurch mit, daß die Zeit jetzt reif ist.

Bei Aufschlaggeschwindigkeiten von über zweihundert Stundenkilometern könnte ich mich schließlich ebensogut den wunderbaren Damen und Herren zugesellen, die sich mühsam erheben, über den *Court* hasten und herrisch auf eine Spur deuten, die irgendein anderer Ball in einem der vorigen Wettkämpfe hinterlassen hat. Um die Verwirrung zu vergrößern, steigt sodann der Schiedsrichter herab, um eine noch andere, in seiner Phantasie entstandene Spur zu begutachten, nur um dann zu entscheiden, daß der Punkt wiederholt werden müsse – zur wütenden Empörung des Spielers, dem der siegreiche Schlag gelungen ist, und zur stillschweigenden Genugtuung des davongekommenen Opfers.

Am Ende wird man die Linienrichter angesichts der außergewöhnlichen Geschwindigkeit heutiger Spiele überhaupt abschaffen und durch Computer ersetzen, die den Vorzug haben, zu sehr viel gröberen Fehlern als Menschen fähig zu sein, ohne aber darüber mit sich reden zu lassen. Öffentliche Buhrufe und Pfiffe sind bei ihnen verschwendet. Es ist nicht mehr viel Zeit bis zur Dämmerung. Ich bin nicht töricht genug, mich mit dem zu identifizieren, der gerade der *Underdog* des Tages sein mag, aber ich bin umfassend qualifiziert, mich als fehlbarer, verschlafener, verstockter Linienrichter zu betätigen.

Gefahren noch anderer Art verbinden sich mit der ewigen

Jugend der Seele. Immer wenn ich eine meiner Töchter zum Essen einlade und wir ein vollbesetztes Restaurant betreten, dann ist mir bewußt, wie die anderen Speisegäste mich anstarren. Gelegentlich kann ich auf dem Weg zum Tisch einem ins Auge schauen.

Die Blicke variieren; manche zeigen Erstaunen darüber, daß der alte Knabe immer noch dabei ist, aber es geht bis zu unverhohlener Feindseligkeit, die entweder einen tiefempfundenen Abscheu gegen eine derart unpassende Verbindung oder vielleicht sogar flammenden Neid erkennen läßt. All das ist natürlich irgendwie schmeichelhaft, und oft entdecke ich dann ein Lächeln voll grimmiger Genugtuung auf meinen Lippen, das es darauf anlegt, die schlimmsten Befürchtungen der Leute zu bestätigen.

In diesem Fall handelt es sich nur um einen unschuldigen Schabernack, aber wann immer alte Männer sich wirklich schlecht benehmen, dann liegt es unweigerlich an ihrer jugendlichen Seele, die – irrtümlich oder absichtlich – nicht erkennt, wie weit ihr körperlicher Verfall schon gediehen ist.

Diese deprimierende Tatsache ist es, die die sogenannten »*dirty old men*« entstehen läßt, deren wäßrige Pupillen sich bei jedem vorüberwogenden Busen und bei jedem vibrierenden Hinterteil weiten. »Schmutzige junge Männer« erfahren öffentliche Ermunterung, ja Förderung, und man bezeichnet sie einigermaßen erleichtert als normal. Schmutzige junge Seelen in alten Kadavern sind eine ganz andere Sache. Sie zeugen von schlechtem Geschmack und verdienen das Mitgefühl großzügiger Naturen; aber nur selten schaut der Betrachter über die sichtbaren Fakten hinaus, und daher verspürt er lediglich Abscheu. Der allmähliche Verfall des bewohnten Körpers bereitet den Geist ja kaum auf den normalen Gang der Dinge vor.

Gewisse Redewendungen aber klingen so nach und nach überraschend einleuchtend; die Äußerungen »wacklig auf den Beinen sein« oder »lange Zähne machen« beziehen sich auf Sachverhalte, die der Jugend eher abstrakt vorkommen, im Laufe der Zeit aber ganz real werden. Auch beginnt die Haut über den Augen herabzuhängen wie schwere Vorhänge.

Aber das alles – die Ähnlichkeit der Kehle mit einer locker besaiteten Gitarre, die unerklärlichen Stiche und Zuckungen in den Gelenken, der unzureichende Atem beim Treppensteigen – sind Erwägungen von mehr als flüchtiger Bedeutung. Die Seele, Mieterin dieser zeitweiligen Residenz, ist so jung, wie sie es je war und immer sein wird.

20. Mai 1993

FEHLBAR VOR ALLER AUGEN

Was ist vertraulich? Was ist geheim? Was darf untersucht werden? Was ist tabu? In alten Zeiten konnten hochgestellte Persönlichkeiten sich leisten, einen Mord zu begehen; das bildeten sich zumindest diejenigen ein, die auf Einfluß oder hohe Geburt verzichten mußten.

Gewiß ist die Zahl der Skandale, die diejenigen vermeiden, die an Ort und Stelle genügend Geistesgegenwart besitzen, nach heutigen Maßstäben höchst beeindruckend. Ein französischer Präsident, Félix Faure, der noch heute verehrt wird, starb beim Liebesspiel mit einer Dame in seinem Büro. Als wahrheitsliebender Mann hatte er seiner Frau gesagt, er müsse Überstunden machen. Der Tod schlug in einem Augenblick von seltener Ekstase zu, und die Folge war, daß der *rigor mortis* beinahe auf der Stelle einsetzte. Seine Faust umklammerte ein dickes Büschel vom kastanienbraunen Haar der Dame, und weder mit Gewalt noch mit Behutsamkeit ließ er sich überreden loszulassen.

In jenen Tagen war »Sicherheit« noch nicht mit den unheimlichen Konnotationen behaftet, die sie heute hervorruft; der einzige, der die Frau schreien hörte, war ein Pförtner, der Nachtdienst hatte und der in brillanter Voraussicht nicht etwa einen Polizisten, sondern einen Priester alarmierte.

Der Priester erwies sich als aufgeschlossener Zeitgenosse; er half dem Pförtner, die mittlerweile völlig hysterische Dame aus dem Klammergriff des Lasters zu befreien, und entfernte sogar mit großer Sorgfalt die verräterischen Haare zwischen den gekrümmten Fingern des Leichnams. Dann murmelte er die Worte der letzten Ölung, ehe er den unvornehm Dahingeschiedenen in einen präsentablen Zustand brachte. Erst als man einen Füllfederhalter zwischen Daumen und Zeigefinger der versteinerten Hand geklemmt und den Kopf sorgfältig auf die Löschblattunterlage des Schreibtisches gelegt hatte, teilte man der Witwe mit, daß ihr Gatte verschieden sei, während seine Hände aktiv damit befaßt waren, das Steuerruder des Staatsschiffs zu führen.

Das waren noch Zeiten. Es ist eine Begebenheit jener Art, die das vor Augen führen kann, was die Franzosen *raison d'état* nennen: Etwas ist seinem Wesen nach so gefährlich für den Staat, daß unerklärtes Stillschweigen absolut gerechtfertigt ist.

Dafür gibt es unzählige andere Beispiele. Warren Gamaliel Harding war als amerikanischer Präsident keine besondere Leuchte, aber es gelang ihm doch, sich im Weißen Haus eine Mätresse zu halten – eine der wenigen erfolgreichen Initiativen seiner Amtszeit. Und kürzlich wurde behauptet, J. Edgar Hoover, der Gründer des FBI und der Schrecken aller aufgeschlossen Denkenden, sei ein notorischer Transvestit gewesen. Er habe es verstanden, heißt es, bei den Zusammenkünften Geistesverwandter als zierliche Witwe gekleidet zu erscheinen. Die Angst, die er in anderen hervorrief, vermochte anscheinend die vollständige Diskretion derer, die seine Verkleidung durchschauten, sicherzustellen.

Daß der englische Premierminister William Gladstone mit Vorliebe den Versuch unternahm, Damen der Nacht auf den Pfad der Rechtschaffenheit zurückzuführen, war bekannt, wurde aber verheimlicht. Seine Motive wurden nie in Frage gestellt, auch wenn einige der für seine Sicherheit verantwortlichen Kriminalpolizisten sicher ihre Zweifel hatten.

In noch früheren Zeiten vermochten die Borgias in Italien sich in einer heutzutage als empörend empfundenen Weise aufzuführen, ohne sich zu lästiger Geheimhaltung bemüßigt zu sehen, einfach weil sie es sich leisten konnten. Ihr Vermächtnis pflanzt sich bis heute fort, wie die drastischen Maßnahmen zeigen, die Italien gegen die Korruption ergreift.

Erst vor wenigen Tagen wurde der mysteriöse Tod des Schwiegersohns eines führenden französischen Politikers als dramatische Nachrichtenmeldung verkauft, ist aber seitdem in vollständigem Stillschweigen versunken. Ein Grund wurde nicht angegeben. Nicht einmal das Element des Geheimnisvollen war zu spüren. So hermetisch war die Diskretion, daß die Öffentlichkeit den Schatten der *raison d'état* erkannte und begriff, daß es niemandem nützen und für alle Beteiligten unverhältnismäßig schmerzhaft sein würde, wollte man die Fakten ans Tageslicht zerren. Und schon ist das Ereignis in Vergessenheit geraten.

Im großen und ganzen aber haben sich die Dinge fundamental verändert, wenn auch nicht immer zum Besseren. Amerika ist unweigerlich stilprägend im Streben nach Offenheit, und alle anderen sind dem Aufruf mit unterschiedlichem Erfolg nachgekommen. Rücktritte aus dem öffentlichen Leben sind aus vielerlei Gründen vollzogen worden, und fast alle wären vor hundert Jahren als unbedeutend erachtet worden.

In Amerika, wo man dazu neigt, Kandidaten für hohe Ämter peinlichen und oftmals lächerlich penibel öffentlichen Kreuzverhören zu unterziehen, angeblich, um die Eignung des Kandidaten für diese Aufgabe festzustellen, ist diese Prüfung unweigerlich eine, bei der bloß festgestellt wird, ob der oder die Betreffende clever boxen kann.

Die sture Weigerung eines Kandidaten für das Amt eines Richters am Obersten Gerichtshof, unter der Last der von einer ehemaligen Mitarbeiterin vorgetragenen Beweise für verübte sexuelle Belästigung zusammenzubrechen, war ein seltenes Beispiel für Entschlossenheit, die sich auszahlte. Die Senatoren konnten die heitere Gelassenheit des Bewerbers mit noch so vielen geschmacklosen Fragen nicht ins Wanken bringen; er bestand die Prüfung, und sein Ruf blieb so intakt, wie es unter den Bedingungen dieses Verfahrens nur möglich ist. Und seither ist er ein Vorbild an Klugheit und Umsicht.

Nicht wenige ausgezeichnete Senatoren haben sich der gnadenlosen Prüfung durch ihre Kollegen unterziehen müssen und sich dabei sehr verschlissen, während die Prozession der Damen, die darauf hofften, das höchste juristische Amt im Lande zu besetzen, sich dadurch auszeichnete, daß sie eine nach der anderen zugaben, sich vor vielen Jahren geringfügige Unregelmäßigkeiten zuschulden kommen lassen zu haben. Hatten sie etwa geglaubt, sie könnten sich durch diese Inquisition hindurchbluffen? Und wenn nicht, warum hatten sie sich dann überhaupt um den Posten beworben? Es mag genügen, festzustellen, daß die Dame, die das begehrte Amt schließlich ergattern konnte, sich als makellos erwiesen hatte; aber sie war es dann, die die Entscheidung traf, die Festung der religiösen Fanatiker in Waco zu stürmen, was zu beklagenswerten Verlusten an Menschenleben führte. Im

Einklang mit der modernen Mode des moralischen Masochismus nahm sie die Schuld an der Katastrophe persönlich auf sich und entwaffnete damit jede mögliche Kritik. Die Gerechtigkeit ist heute so klimatisiert wie die Atmosphäre und ungefähr ebenso gesund. Alles ist eine Konsensfrage, und Experten, die ihre Ratschläge beisteuern, gibt es im Überfluß.

Sie traf die umstrittene Entscheidung, die Festung zu stürmen, nicht allein. Sie beriet sich mit einem Psychiater und einem Sozialpsychologen, aber auch mit Polizei und Militär. Und aus all diesem ausgedehnten Palaver erwuchs ein einzigartiger Fehlschlag – das führt uns automatisch zu einem weiteren Aspekt der *raison d'état*.

Amerika ist ein großes Land, in dem selbst die kleinsten Probleme dazu neigen, an Größe zu gewinnen. Die Ereignisse in Waco nahmen die Phantasie der Öffentlichkeit auf der Stelle gefangen, und man mobilisierte eine Streitmacht, die die Erwartungen zufriedenstellte, mit Panzern, Bulldozern und so weiter.

Dann dauerte es aber zu lange. Die Ordnungskräfte wurden als erste nervös. Der selbsternannte Prophet David Koresh behielt die Initiative in der Hand, indem er es sich ständig anders überlegte. Gottes Botschaften an ihn waren unklar, und die machtvolle Truppe, die auf der windgepeitschten Ebene kampierte, wurde ein Opfer dieser gestörten Leitung zum Himmel. Man wurde allenthalben ungeduldig. Die Verzögerung war ebenso peinlich wie die Tatsache, daß die Größe der Rettungsoperation keinerlei Eindruck auf den belagerten Fanatiker machte.

Niemand weiß, was der Psychiater riet. Es tut gut, sich daran zu erinnern, daß Radovan Karadžić, der freundliche

Führer der bosnischen Serben, ebenfalls Psychiater ist, und man kann sich denken, was sein Rat gewesen wäre. Was immer abgehobene Experten geraten haben mögen, die Wahrheit ist: Jeder einzelne Schritt wurde vom Fernsehen übertragen. Jeder Schlag wurde aufgezeichnet, um dem öffentlichen Interesse Nahrung zu geben. Wenn es in der belagerten Garnison Fernseher gab, dann konnten sie dort jeden Schachzug der Opposition verfolgen und die Vorbereitungen aller Überraschungen mitansehen. Das Ergebnis kennen wir.

Ein ähnliches Drama fand vor noch kürzerer Zeit in Paris statt. Nach einigen Tagen des Stillschweigens, in denen anscheinend jede Forderung der Kidnapper erfüllt wurde, trat ein kleines Kommando, bestehend aus einer Handvoll Männer, in Aktion, tötete die Täter und erschreckte die Kinder – aber aus den allerbesten Gründen. Es gab seinerzeit amerikanische Beschwerden über den Mangel an Informationen. In einer Zeit, da Justiz und Unterhaltung deckungsgleich sind, spricht viel für die *raison d'état.*

Die Amerikaner haben die Formulierung erfunden, nichts sei so erfolgreich wie der Erfolg. Es scheitert aber auch nichts so sehr wie das Scheitern.

27. Mai 1993

Herr Karadžić, wie er uns bittet, zu glauben, was er gesagt hätte, wenn er gekonnt hätte – und wo wir gerade dabei sind: Haben Sie noch weitere Fragen, die ich dementieren kann?

ECON UNTERHALTUNG

Peter Ustinov
Neues aus der alten Welt
TB 27130-X

Die zweite Sammlung Ustinovs regelmäßiger Kolumnen aus dem »European« – zeitlos, voller Esprit und pointiert.
»Sir Peter Ustinov ist ein intelligenter Mann mit vielfältigen Talenten – er versteht zu unterhalten, das konnte er immer schon.« (Die Welt)

Peter Ustinov
Der Mann, der es leicht nahm
TB 27171-7

In diesen acht Kurzgeschichten begegnen wir skandalumwitterten Avantgardekomponisten und der russischen Seele, gewieften Fälschern und einem Schweizer auf dem Mond. Wieder einmal erweist sich das Multitalent Peter Ustinov mit entwaffnendem Charme als Meister seines Fachs.

Peter Ustinov
Mit besten Grüßen
TB 27206-3

»Was Peter Ustinov so unvergleichlich macht, ist zu allererst die Tatsache, daß es wohl keinen anderen Künstler mit so vielen unterschiedlichen Begabungen auf einem solch hohen Niveau gibt.« (Die Welt)

U 006

ECON TASCHENBÜCHER

ECON

ECON UNTERHALTUNG

Nicole Avril
So lange liebe ich dich schon
Roman
TB 27113-X

Eine unmögliche Dreiecksgeschichte. Der junge Antoine verliebt sich in Pauline, die zweite Frau seines Vaters. Obwohl sie seine Gefühle erwidert, finden die beiden nicht zusammen. Als Antoines Vater verunglückt, steht dies für immer zwischen ihnen.
„Ein schöner Roman, gefüllt mit Nostalgie...“ (Le Parisien)

Sara Lewis
Liebe ist kein Kinderspiel
Roman
TB 27164-4

Alice Hammond ist 33, steht zwischen zwei Männern, sucht dringend eine Wohnung, möchte einen neuen Job und . . . ist schwanger. Eigentlich hat Alice sich schon gegen das Kind entschieden, doch plötzlich ändert sie ihre Meinung. Familie und Freunde sind entsetzt . . .
Sara Lewis' Roman garantiert witzige und zeitgemäße Unterhaltung.

Sofia Shafquat
So schön kann kein Mann sein
Roman
TB 27151-2

Leslie Kovalsky, offen, ehrlich und vertrauensvoll, die Antwort der 90er Jahre auf Holly Golightly („Frühstück bei Tiffany"), ist auf der Suche nach dem Sinn und dem Mann ihres Lebens.
„‚Thelma und Louise' ohne Kugelhagel. Ein inspirierendes Debüt." (Booklist)

U 002

ECON TASCHENBÜCHER ECON

ECON UNTERHALTUNG

Barbara von Bellingen
Die Bronzespange
Historischer Roman
TB 27109-1

Der griechische Aristokrat Hipparchos verliebt sich in seine Sklavin Kaligyne aus dem hohen Norden und will sie zur Frau nehmen. Aber ihre Vergangenheit, ein Drama aus Verrat, Mord und Schuld, scheint dies unmöglich zu machen. 1200 v. Chr. angesiedelt bietet dieser Roman die reizvolle Möglichkeit, zwei längst untergegangene Kulturen auf einen Blick zu betrachten und zu vergleichen.

Barbara Chase-Riboud
Serail
Historischer Roman
TB 27160-1

Im Jahr 1781 wird eine junge Kreolin im Mittelmeer von algerischen Korsaren entführt und dem türkischen Sultan zum Geschenk gemacht. Ihr Leben verläuft nun nach den Regeln des Harems, in dem sie zwar zu Macht und Einfluß gelangt, aber doch eine Sklavin bleibt. Wie schon in ihrem ersten Bestseller beschreibt die Autorin auch hier das packende Schicksal einer Frau, die als Sklavin leben muß.

Nicole Avril
Das Schafott von Lyon
Historischer Roman
TB 27191-1

Lyon, Mitte des 18. Jahrhunderts.
Auf mysteriöse Weise kommen mehrere Henker der Stadt zu Tode, bis ein unbekannter junger Mann auftaucht. Doch ein Geheimnis umgibt diesen neuen Henker, denn seit seiner Ankunft lassen sich die Verurteilten wie sanfte Lämmer hinrichten. Liebe, Verrat und Tod – ein atmosphärisch dichter Roman der französischen Bestsellerautorin, der immer wieder überraschende Wendungen nimmt.

U 009

ECON TASCHENBÜCHER ECON